捧 读

触及身心的阅读

U0532066

The Book of Wonder

奇迹之书

[爱尔兰] 邓萨尼勋爵（Lord Dunsany）著　何殇　张骤骤 译

南方出版社
海口

图书在版编目（CIP）数据

奇迹之书 / (爱尔兰) 邓萨尼勋爵 (Lord Dunsany) 著 ; 何殇, 张螺螺译. -- 海口 : 南方出版社, 2023.5
 ISBN 978-7-5501-7730-7

Ⅰ.①奇… Ⅱ.①邓… ②何… ③张… Ⅲ.①长篇小说—小说集—爱尔兰—现代 Ⅳ.①I562.45

中国版本图书馆CIP数据核字(2022)第153897号

奇 迹 之 书
QIJI ZHI SHU

[爱尔兰] 邓萨尼勋爵【著】　　何殇 张螺螺【译】

责任编辑：	焦　旭
装帧设计：	仙境设计
出版发行：	南方出版社
邮政编码：	570208
社　　址：	海南省海口市和平大道70号
电　　话：	（0898）66160822
传　　真：	（0898）66160830
经　　销：	全国新华书店
印　　刷：	河北鹏润印刷有限公司
开　　本：	880 mm×1230 mm　1/32
印　　张：	7.5
字　　数：	192千字
版　　次：	2023年5月第1版 2023年5月第1次印刷
定　　价：	68.00元

邓萨尼勋爵（1878 年－1957 年）

序言 preface

邓萨尼勋爵：万千宇宙的奠基人

邓萨尼勋爵，原名爱德华－约翰－莫顿－德拉克斯－普朗克，1878年7月24日生于伦敦。1899年继承家族古老的头衔"邓萨尼勋爵"，他本人为邓萨尼勋爵十八世，并以此为笔名，创作小说和剧作，后以奇幻小说名世。

邓萨尼勋爵是典型的"高帅富"，成年后身高超过一米九，相貌俊朗，是公认的美男子。继承爵位当年，他前往南非参加布尔战争，两年后回国，住进家族城堡，被推荐为爱尔兰上议院议员候选人。1903年，他遇到了生命中的爱人，泽西银行家族首领泽西伯爵的女儿，阿特丽丝·威利斯。次年，两人结婚，白头偕老。

1905年，邓萨尼勋爵完成第一部著作《佩加纳诸神》，用一系列短故事，构建了一个有着完全独立神话谱系、历史和地理的虚构世界，所有的故事都发生在这个虚构的世界里。这种完全虚构世界观并进行创作的模式，如今被称为"某某宇宙"。追根溯源，后世万千"宇宙"的奠基人，就是邓萨尼勋爵。《佩加纳诸神》虽是自费出版，但大获成功。自此以后，邓萨尼勋爵几乎每一本书都是畅销之作。凭此，邓萨尼勋爵也顺利进入文坛，与叶芝、吉卜林、萧伯纳、格雷戈里夫人等人常有来往。

此后，他陆续写出《时间与诸神》《卫理兰之剑及其他故事》《梦想家的故事》《奇迹之书》等多本幻想短篇小说集。他从欧洲各类神话中汲取灵感，糅合了各种古老的民间传说、故事和幻想，创造了一种异彩纷呈、包罗万象的文学风格。这些作品对托尔金笔下神奇而瑰丽的中土世界、洛夫克拉夫特创造的克苏鲁神话，以及厄休拉·勒古恩书写的《地海传说》都有显著而直接的影响。其中《卫理兰之剑及其他故事》，还被视为"剑与魔法"类型奇幻文学的先驱。

1909 年，应叶芝之邀，邓萨尼勋爵创作的戏剧在爱尔兰国家剧院上演后，广受好评。此后他把主要精力转向剧本创作，并获得了比小说更大的成功，也为他在欧美各国都赢得了巨大的声名。

1916 年，邓萨尼勋爵参加一战，在战争中受伤。一战结束后，邓萨尼勋爵继续从事小说、剧本和诗歌创作。1919 年，他前往美国进行文学巡回演讲。在波士顿的剧本朗读会上，洛夫克拉夫特来到现场，但两人并没有交流。

1922 年，邓萨尼勋爵出版了第一部长篇小说。两年后，又出版了第二部长篇《精灵王之女》，这部作品被认为是他最好的小说，也是奇幻文学史上的经典之作。此后，从1925年开始，一直到1957年去世，邓萨尼勋爵以约瑟夫·乔肯斯为主角，写下大量短篇小说、长篇小说、舞台剧作和诗歌。"乔肯斯先生"也成为他笔下最著名的文学形象。

1957年10月，邓萨尼勋爵在进餐时突发阑尾炎，抢救无效去世。

邓萨尼勋爵一生经历丰富，虽然是作家，却参加过两次世界大战。在亲历战争和死亡之后，他也始终满怀希望和梦想。在埃布灵顿兵营中养伤期间，他还创作了短篇小说集《奇迹传说》，他在序言里写道："我在哪里并不重要，我的梦想就在你面前的书页里。在生命如草芥的日子里写作，梦想弥足珍贵，甚至就是唯一。"

邓萨尼勋爵极其多产，涉猎广泛，生前就出版小说、诗歌、戏剧、散文和自传近百部，至今仍有书籍在陆续出版。在奇幻文学界，他更是源头级的巨擘，被洛夫克拉夫特誉为"新兴神话与惊奇传说的缔造者"。

洛夫克拉夫特是邓萨尼勋爵的铁粉，他的"幻梦境"系列故事几乎都在模仿邓萨尼勋爵，而"克苏鲁神话"中的最高神明阿撒托斯的设定，完全借鉴了《佩加纳诸神》里的太一之神"马纳–尤德–苏夏伊"。

洛夫克拉夫特在其论文《文学中的超自然恐怖》里如此评价邓萨尼勋爵：

邓萨尼勋爵无所不在的魅力，源于其笔下流光溢彩的城市和难以言喻的仪式，那种身临其境的真实感或是让人屏声敛息的悬疑氛围，只有像他这样的大师手笔才能驾驭。对于真正富有想象力的读者来说，他是开启靡丽而凌乱的梦之记忆的枢纽和不可或缺的标志，因而他不仅是一位自我表达的诗人，他的诗篇更是会唤起每一位读者内心深处的诗意。

本书收录了邓萨尼勋爵三部短篇集代表作：《佩加纳诸神》（1905年），《奇迹之书》（1912年）和《五十一个故事》（1915年）。让我们从这里进入，游览这位"万千宇宙奠基人"异彩纷呈的诗意宇宙。

何殇 2022年春

邓萨尼勋爵

邓萨尼勋爵

邓萨尼勋爵

邓萨尼勋爵（右）与妻子合影

目录 contents

奇迹之书
The Book of Wonder

序 …………………………………………………………… 3
1. 人马的新娘 ………………………………………………… 4
2. 珠宝匠丹戈布林的悲惨故事 …………………………… 10
3. 斯芬克斯的宫殿 ………………………………………… 16
4. 三个文化人的冒险经历 ………………………………… 21
5. 信神者庞波的不当祈愿 ………………………………… 27
6. 鲍姆巴夏纳的战利品 …………………………………… 31
7. 库比奇小姐和传奇之龙 ………………………………… 36
8. 为了女王的眼泪 ………………………………………… 40
9. 吉布林的宝藏 …………………………………………… 47
10. 努斯的偷窃艺术 ………………………………………… 53
11. 天选之子如何进入永无之城 …………………………… 59

12. 托马斯·夏普的登基仪式……66

13. 丘布与西米什……72

14. 神奇的窗户……77

跋……84

五十一个故事
Fifty-one Tales 85

1. 约定……87

2. 渡神卡戎……88

3. 潘神之死……89

4. 吉萨的斯芬克斯……90

5. 母鸡……91

6. 风与雾……93

7. 造木筏的人……94

8. 工人……95

9. 客人……96

10. 死神与奥德修斯……98

11. 死神与橘子……100

12. 花儿的祈祷……100

13. 时间与商人……101

14. 小城 ………………………………… 102

15. 非牧之域 ……………………………… 103

16. 蠕虫与天使 …………………………… 104

17. 没有歌曲的国家 ……………………… 105

18. 新奇之物 ……………………………… 106

19. 巨大的罂粟 …………………………… 107

20. 玫瑰 …………………………………… 108

21. 戴金耳环的男人 ……………………… 109

22. 卡纳 - 伏特拉国王的梦 ……………… 110

23. 风暴 …………………………………… 112

24. 错乱的身份 …………………………… 113

25. 孤独的永生者 ………………………… 114

26. 一个道德小故事 ……………………… 115

27. 歌的回归 ……………………………… 118

28. 镇上的春天 …………………………… 119

29. 敌人如何来到斯伦拉纳 ……………… 121

30. 失败的游戏 …………………………… 123

31. 掀翻皮卡迪利大街 …………………… 124

32. 火灾之后 ……………………………… 125

33. 城 ……………………………………… 126

34. 死神的食物 …………………………… 127

35. 孤独的神像 ··· 128

36. 底比斯的斯芬克斯（马萨诸塞州）············· 129

37. 奖赏 ··· 130

38. 绿叶大街的麻烦 ····································· 132

39. 雾 ·· 133

40. 耕夫 ··· 133

41. 龙虾沙拉 ·· 136

42. 流亡者的回归 ··· 138

43. 自然与时间 ·· 140

44. 乌鸫之歌 ·· 141

45. 信使 ··· 143

46. 三个高大的儿子 ····································· 146

47. 妥协 ··· 147

48. 我们到了什么地步了 ······························ 148

49. 潘神的墓 ·· 148

附：佩加纳诸神
The Gods of Pegana ·· 151

前言 ·· 155

0. 楔子 ·· 155

1. 击鼓人斯卡尔 ……………………………… 156

2. 创世纪 …………………………………… 158

3. 诸神的游戏 ……………………………… 159

4. 诸神的圣歌 ……………………………… 161

5. 基伯箴言 ………………………………… 161

6. 关于西逝 ………………………………… 162

7. 关于斯立德 ……………………………… 165

8. 蒙戈之事 ………………………………… 168

9. 祭司圣歌 ………………………………… 170

10. 林庞 - 滕恩的话 ………………………… 171

11. 关于尤哈涅斯 - 拉哈伊 ………………… 173

12. 前进之神罗恩与一千家神 ……………… 174

13. 家神的叛乱 ……………………………… 177

14. 关于多罗兹汉德 ………………………… 181

15. 荒野之眼 ………………………………… 183

16. 关于非神非兽之物 ……………………… 185

17. 先知尤纳斯 ……………………………… 189

18. 先知余格 ………………………………… 191

19. 先知艾尔西瑞斯 - 霍特普 ……………… 191

20. 先知卡波克 ……………………………… 192

21. 海边的于恩 - 伊劳拉的不幸，及日暮之塔的建造 194

22. 诸神如何毁灭西迪斯 196

23. 恩伯如何成为阿拉迪克除却太一以外的诸神的大先知........199

24. 恩伯如何遇见佐德拉克 202

25. 佩加纳 205

26. 恩伯箴言 209

27. 恩伯如何与国王谈论死亡 211

28. 关于欧德 212

29. 河 213

30. 末日之鸟和终结 216

奇迹之书
The Book of Wonder

何殇 译

序

跟我来吧,厌倦了伦敦的女士们、先生们。跟我来吧,厌倦了整个已知世界的人们:让我们进入新世界。

1. 人马的新娘

二百五十岁这天的清晨，谢普拉克走进人马族珍藏宝物的金库，拿出一件护身符，那是他父亲杰西克在壮年时的秘藏。它由山里的黄金锤锻而成，镶嵌着从矮人处换来的猫眼石。他把护身符戴在手腕上，一言不发，走出了母亲的岩洞。

同时，他还带走了人马族的号角。这只名噪一时的银号角，在其烜赫的时代，曾招降过十七座人类的城池。它在诸神堡垒——索登布拉纳的围城之战中，在群星拱卫的城墙上鸣响了二十年。遥想当年，人马族曾发动过史诗般的战争，所向无敌，却在诸神亟需终极凶器召唤最后的奇迹时，缓缓退入一团尘埃。谢普拉克带着号角扬长而去，他的母亲只是喟然长叹，任他离去。

她知道，从今往后，他不会在从群山深处的瓦尔帕-尼日梯田涓涓而下的小溪边啜饮；也不会像往常一样流连至日落西山，才悠然跑回岩洞，在不染凡尘的河边采撷的灯芯草上安眠。她知道，那只号角将伴随他左右，就像曾伴随他的父亲杰西克、他的祖父古姆以及远古诸神那样如影随形。因而，她只是喟然叹息，任他匆匆离去。

谢普拉克独自走出栖居的岩洞，初次蹚过小溪，绕过峭壁的转角，见到了脚下光芒万丈的尘世平原。秋天的风，让整个世界流光溢彩，随即卷上山坡，冷飕飕地吹击着他赤裸的腰间。他昂起头，打了个响鼻。

"我成年啦！"他大声欢呼着跃过山崖，飞奔过山涧和峡谷，穿越湍急的河床和雪崩的裂缝，一直来到绵延不断的平原，将阿斯拉米诺里亚山脉留在身后。

他的目的地是索姆贝琳妮所居之城——雷塔祖拉。关于索姆贝琳妮超凡脱俗的美貌，或者她的隐秘传说，我不知道究竟是如何散布到尘世平原，并一直流传到传说中的人马族的摇篮——阿斯拉米诺里亚山脉。然而，人类血液中的潮汐——确切说是古老的洋流，仿佛不知从何而来的暮霭，无论从多么遥远的地方，都能将美妙的传说带给他们。就像从不为人知的岛屿上，随波漂来的浮木。

这股涌入人类血液的春潮，来自于那难以置信的血脉，来自于传说，来自于悠远岁月；将人们带往森林，引向山间，聆听古老的歌谣。谢普拉克的传奇色彩远胜于人类，所以，在遥远的世界边缘，寂寞群山之间，他的热血也被传闻激荡。那些传闻，只有飘逸的暮霭才知道，并且只私下告诉了蝙蝠。

可以肯定的是，谢普拉克一开始，就向着雷塔祖拉城前进，索姆贝琳妮就住在城中的神庙里。尽管横亘在家园和目的地之间的，是整个尘世平原和平原上的高山大川。

当人马的双脚，第一次踩到松软的冲积土的草地上时，他喜不自禁地吹响了银号角。蹦蹦跳跳，雀跃不止，脚步像一个提灯的少女，满怀新奇和美好，就连风经过他时也忍俊不禁。

他低头闻着花的芬芳，昂头挨近隐匿的星辰，欢快地穿越无穷的国度，大步流星地跨越河流。你们这些城里人，我该如何告诉你们，他奔腾时的快意呢？他感到自己像贝尔－纳格纳的塔楼般有力；像童话故事里的蜘蛛，沿着奇兹海岸，在海天之间编筑的宫殿一样轻盈；敏捷得就像是从清晨飞来的鸟儿，天亮之前，在城市的塔尖上歌唱。他是风的忠实伙伴，他欢乐如歌。他的血液融入了闪电——来自于传说中的祖先，更古老的神祇。他的蹄声如雷。

他来到人类的城市，所有人都在战栗。他们依稀还记得古老史诗中的战争，如今，他们畏惧新的战争，为人类忧心忡忡。历史女神克里奥没有记录那些战争，以至于不为人知。那又如何呢？不是所有人都要坐在史学家脚下，但所有人都曾伏在母亲的膝上听过神话传说。当人们看到谢普拉克在大路上奔腾跳跃，没有人不恐惧战争。如此这般，他经过一座又一座城市。

夜幕笼罩时，他怡然自得，卧在沼泽或林间的芦苇丛里。拂晓前，他心旷神怡，摸黑起身，痛饮河水后，掠过飞溅的水花，前往高处寻觅日出，欢畅地吹起号角，向东方送去热烈问候的回响。

朝阳在回声中升起，阳光普照平原；长路蜿蜒，像从高处倾泻的水流。他快乐的伙伴，是狂笑的风，是人和人类的恐惧，以及他们小小的城市。在那之后，是江河和荒野，是绵延的新峰，再往后是新的大陆、更多的城市和形影不离的老伙计——瑰丽多姿的风。他飞掠过一个又一个国度，气息始终平畅。"风华正茂当驰骋于草莽之间。"年轻人说。"哈？哈！"山岭之风如是说，原野之风亦如此回应。

警钟在高塔上慌乱地响起，智者们查阅羊皮古卷，占星师从星盘上寻求征兆，老人们作出玄妙的预言。"他还不够快吗？"年轻人问。"他好开心啊！"孩子们说。

日复一日地风驰电掣，夜复一夜地幕天席地，直到他抵达尘世平原的边缘——阿萨罗尼亚人的居地。他从那里继续前行，再次回归传奇之地。这里就像在世界另一端，养育他的故土一般，与世界边缘的暮霭融为一体。一种强烈的冲动在他永不知疲倦的心头涌现，他知道，自己已经接近了雷塔祖拉——索姆贝琳妮所居之城。

他走近它时，天色已晚，晚霞在前方的平原上低垂舒卷。他飞奔进金色的迷雾，当雾霭遮蔽了他的视野，梦想在他心里复苏。他浪漫地回味着所有关于索姆贝琳妮的流言，因为这些流言和传说中的事物相互交织。

她住在一个孤零零的湖畔小庙里，这是夜色吐露给蝙蝠的。

一大片柏树林遮天蔽日,使她远离城市,远离前往雷塔祖拉之路。神庙对面伫立着她的坟墓,凄然的湖畔墓室门洞大开,以免她惊为天人的美貌和历经诸多世纪的不老容颜,在人类中引发异端邪说——美丽的索姆贝琳妮永生不朽。事实上,神圣的只有她的美貌和血统。

她的父亲是半神和半人马血统,母亲是沙漠之狮和守望金字塔的斯芬克斯的孩子。索姆贝琳妮比她的母亲还要神秘。

她美得如梦似幻、如诗如歌,是在魔法露珠上做的但愿长醉不愿醒之梦;是被天堂的风暴,从远乡海岸吹落的不死鸟,唱给某座城的雅歌。浪漫山巅的朝来暮去,日升月潜,都无法企及她的美丽。所有的萤火虫和夜晚的群星,都对她的美心照不宣。诗人不曾吟诵过这样的美,夜晚也从未揣摩她的意境,清晨嫉妒她,而她对倾慕者隐匿。

她不曾婚配,也从未有人求爱。

狮子们不敢追求她,因为畏惧她的力量;诸神也不敢倾心于她,因为知道她终究要死去。

这就是夜色对蝙蝠吐露的,这就是谢普拉克盲目地在迷雾中奔跑时,内心涌现的冲动。忽然,在他的马蹄下,黑暗平原现出传说之地的裂缝,雷塔祖拉在黑夜的裂缝中,兀自灿烂。

谢普拉克敏捷而娴熟地跳入裂缝,从正对着星空的前门进入雷塔祖拉,沿着狭长的街道疾驰。当他的马蹄哒哒经过时,许

Sidney Herbert Sime (1865-1941), The Book of Wonder, The Bride of the Man Horse, Zretazoola, 1912
西德尼·赫伯特·森姆 (1865年—1941年)，奇迹之书，人马的新娘，雷塔祖拉，1912年

多曾出现在昔日民谣里的人物，跑到阳台上，从闪闪发光的窗口探出头。谢普拉克并未停留致意，也未回应来自军事塔楼的挑衅。他宛若祖先的闪电，朝着地底的门户一跃而下，就像海怪跃上鹰背，投入神庙与坟墓间的湖水中。

他半眯着眼睛，冲上神庙的台阶。他透过睫毛，依稀可见自己拽住索姆贝琳妮的长发，不为其美貌所惑，带她离开，携她一起跨过大地的裂缝——那里的湖水悄无声息堕入了世界的地穴。他带着她，去了只有人马族才允许前往的无人知晓之处，甘愿为奴，供她永生驱策。

谢普拉克吹响了那只银号角，人马族最古老的珍藏，发出三声振聋发聩的嘶鸣。那是他婚礼的钟声。

2. 珠宝匠丹戈布林的悲惨故事

珠宝匠丹戈布林听见那不祥的咳嗽声，就警惕地转身，望向那条狭仄的小径。他本是个窃贼，名头极大，光顾者非富即贵，只因他从未偷过比陌陌鸟蛋还小的东西，而且此生他只偷过四种石头——红宝石、钻石、祖母绿和蓝宝石。当他摇身一变，成为珠宝匠后，也是诚信可靠，童叟无欺。

近日，有一位富商找上他，听说丹戈布林是个有信誉的窃贼，就提出用自己女儿的灵魂，换取一颗比人头还要大的钻石。这颗钻石放在蒙戈伽岭神庙里蜘蛛神赫罗－赫罗神像的腿上。

丹戈布林在身上抹了油，溜出店铺，悄无声息地上了路，在别人发现他外出办事，或注意到剑已不在柜台下蒙尘时，他已远在斯纳普。他夜晚赶路，白天躲起来磨砺剑锋，他给剑取名为"鼠影"，因为它轻如鼠行，快如鼠匿。这位珠宝匠有自己独特的赶路方式，无论他穿越齐德荒原，还是经过穆尔斯克或特伦，都无人察觉。

噢，他对影子可是情有独钟。倘使月亮从风暴中忽然露脸，普通的珠宝匠就会因此暴露，可是它并未给丹戈布林造成困扰。守夜人只会发现一团蜷卧的黑影，他们笑着嚷嚷："就是一条鬣狗而已。"有次在银城，一个卫兵抓住了他，可丹戈布林浑身油滑，从守卫手里溜走了。他赤脚蹑足的啪嗒声，几乎无人可闻。

他知道富商正在翘首以待，他的小眼睛闪烁着贪婪之光，彻夜不阖。他知道富商的女儿正被紧锁，日夜哭喊，声嘶力竭。啊，丹戈布林心里有数。如果不是正在外出办事，他大概会允许自己哂笑一两声。但公事需公办，他要找的钻石，如今仍放在赫罗－赫罗的腿上。过去的两百万年，赫罗－赫罗创造了世界，并给了它一切，唯独留下那颗被誉为"亡灵之钻"的宝石。钻石虽然经常遭窃，但它似乎有一种总能回到赫罗－赫罗身边的秘法。丹戈布林对此事心知肚明，但他自忖不是一个庸常之人。他希望对赫罗－赫罗瞒天过海，却没有觉悟到，对野心和欲望的追逐，终究是枉费心机。

他如穿针引线般灵活，穿过蛛网般复杂的坑道，一会儿像个植物学家，细致地观察地面；一会儿又像个舞者，从摇摇欲坠的边墙上跳开。当他走近托尔城楼时，天已经黑透了。那儿的弓箭手，会向任何胆敢破坏规矩的外邦人，射出象牙利箭，即便不合规矩，也轮不到外来者践踏。嘿，丹戈布林，从来没有像你这样的珠宝匠！只见他用长绳拉着两块石头，拖在身后，诱引弓箭手纷纷向它们射箭。他们在沃斯设下罗网，把大块的翡翠散落在城门口，让人垂涎欲滴，但丹戈布林还是一眼就辨认出那一根根从城墙上垂下的金线，一旦他触碰，就会有滚木礌石砸下来。于是他只能忍痛割爱，含泪离开。终于，他来到特斯。

此处所有居民都敬奉赫罗－赫罗。尽管他们也愿信奉别的神，但教士说，这只是舍本逐末，其他神都是赫罗－赫罗的猎物——诚如人们所言——他们终究都要挂在赫罗－赫罗腰带的金挂钩上。

丹戈布林从特斯出发，抵达蒙戈城和蒙戈伽岭神庙，一走进神庙就看到蜘蛛神赫罗－赫罗的神像。他宝相庄严，璀璨夺目的"亡灵之钻"放在他腿上，如满月照亮八方世界。只不过，这轮满月被在月光下久睡的疯子盯上了。因为"亡灵之钻"呈现出不祥之色，预示着将有事发生，在此不赘言。蜘蛛神的面容被那颗夺命的钻石点亮,除此之外,周围晦暗。尽管神像的肢体如妖魔般狰狞可怖,但神色安详宁静,宛若无知无觉。

一丝莫名的恐惧从丹戈布林心头掠过,但也只是转瞬即逝的战栗而已;公事终需公办,他只愿一切顺利。丹戈布林向赫罗－赫罗敬献蜂蜜,在他面前俯首叩拜。他如此诡计多端!当祭司们偷偷摸摸从黑暗中走出来舔食蜂蜜后,陆续丧失知觉,瘫倒在神庙的地上——因为丹戈布林在蜂蜜里下了蒙汗药。

丹戈布林取下"亡灵之钻",扛在肩上,步履沉重地离开神殿。蜘蛛神赫罗－赫罗神一直默不作声,等到珠宝匠关门时,他才莞尔一笑。迷药劲儿过去之后,祭司们醒来,他们冲进一间小密室,里面有一间观星的天窗,祭司们用星象推算了窃贼的命运,看到的东西似乎让他们相当满意。

原路返回可不是丹戈布林所为。是的,他走了另一条路,尽管这条路要经行狭仄的小径、暗夜之宫和蜘蛛幽林。

当他扛着钻石,举步维艰地离开时,身后的蒙戈城高耸入云,层台累榭,比屋连甍,蔽月遮星。当轻如鸿毛的脚步声出现在他身后,即便他矢口否认这或许就是让他恐惧的,但他的职业本能提醒他,夜间尾随钻石的任何声响,恐怕都来者不善,更何况,这是他入行以来干过的最大买卖。

他走在通往蜘蛛幽林的小径上,肩上的"亡灵之钻"冰冷而沉重,而那轻如鸿毛的脚步声缓缓逼近,让他毛骨悚然。珠宝匠停住脚步，犹豫不决。他望向身后，那里空空如也。他侧耳倾听，四处阒寂无声。这时，富商女儿的哭喊激励了他。这颗钻石具有换取少女灵魂的价值，于是他轻笑着，继续坚定前行。他没有注意到，一个阴森可怖、形迹可疑的女人，悬浮在小径上方漠然注视着他，她是暗夜之宫的主人。

让人胆战心惊的脚步声消失了，丹戈布林内心一阵轻松，眼看要走到小径的尽头，他听到了一个女人发出的冷漠而不祥的咳嗽声。

这声咳嗽意味深长，不容忽视。丹戈布林立即转身，目睹了几乎让他丧胆的场景——蜘蛛神像并未乖乖地待在神庙里。珠宝匠把钻石轻轻放在一旁，拔出那把叫"鼠影"的剑。随后，在狭仄的小径上爆发了那场闻名遐迩的战斗。

然而，那个以黑暗为家的阴森老女人，却对此毫无兴趣。对于此刻现身的蜘蛛神像而言，这也是一个厌恶的笑料。可对珠宝匠来说，大敌当前，丝毫不敢懈怠。他拼命挣扎、气喘吁吁，被逼得一退再退，但他的剑却疾如流星，凌厉的锋芒扫过赫罗－赫罗柔软的深色躯体，砍出一道道深入肌理的狰狞伤口，直到"鼠影"沾满了黏滑的鲜血。

终于，赫罗－赫罗惨绝人寰的笑声击垮了丹戈布林的神经，当再一次刺伤邪恶的敌人时，他惊恐而疲惫地瘫倒在那个阴森的老女人脚下——暗夜之宫的门前。那个女人先前已发出过警示的

Sidney Herbert Sime (1865-1941), The Book of Wonder, The Ominous Cough, 1912
西德尼·赫伯特·森姆 (1865年－1941年), 奇迹之书, 不祥的咳嗽声, 1912年

咳嗽声，事已至此，也不好再插手干预了。

守卫们把丹戈布林抓走，将他带到一间绞刑房里，那儿已经吊了两个人。他们把左侧那人从绳索上取下来，再将胆大包天的珠宝匠吊了上去。于是乎，他咎由自取，罪有应得。正如人们所知的那样，这是很久以前的事了，诸神的怒火也已日趋平息。

富商唯一的女儿却吝于对此大恩表示感激，她装出趾高气扬的模样，显得咄咄逼人而愚钝不堪，把她自己的家称为"英国的里维埃拉"，日复一日地给茶壶编织羊毛套子。最终，她没有死，却望秋先零，凋逝在自己的寓所里。

3. 斯芬克斯的宫殿

当我走进斯芬克斯的宫殿时，天色已晚，他们热情地欢迎了我。纵然此处有契约存在，我还是为能找到一处避难所、为能避开那噩兆森林而真心愉悦。尽管有一件斗篷尽其所能地遮挡着契约，但还是被我一眼看见了。仅仅是他们在欢迎我时表现出的不安，就让我对那件斗篷起了疑心。

斯芬克斯喜怒无常，沉默寡言。我不是来探听永恒的秘密的，也不打算窥探斯芬克斯的私生活，所以可说的和可问的都非常少。但不管我说什么，她都无动于衷。很显然，她要么是怀疑我在刺探她的某位神祇的秘密,要么就是怀疑我来冒昧打听她与时间之神的交往,或者就是她沉湎于关于契约的思考。

我很快就发现,除我之外,他们还有别人要迎接。因为我看到他们的目光在大门和契约之间来回游移,神色惶惶。显然,这种欢迎就像一扇闩上的门——却是这样的门闩,这样的门!上面全都是经年累月的锈蚀、腐烂和霉斑。它不再是一道屏障,无法阻挡哪怕是一头奋不顾身的狼。何况,看上去他们恐惧的东西比狼可怕多了。

过了一会儿,我才明白原委,他们说有一个骄横而可怕的东西找上了斯芬克斯;过去发生的一些事,让它的降临成为定局。似乎他们扇了斯芬克斯一个耳光,企图激怒她,要她打破冷漠,向被她丢弃在时间殿堂里的某个神祇祈祷。但自从契约出现后,她依然保持着郁郁寡欢的沉默和东方式的冷漠。当发现无法让她祈祷之后,他们也就只能无所事事地、徒然地关注着锈死的门锁,看看契约,心怀鬼胎,甚至装出有希望的样子表示:它可能终归不会把那个无人提及的命定之物从森林里带出来。

也许有人会说,我选择了一座可怕的宫殿,可你如果听我描述过我经过的那片森林,就不会这么想了。我需要随便一个什么地方,来颐养精神,只要摆脱那片森林。

我非常想知道,契约会从森林里召唤出什么;关键是我见识过那片森林——而你们,亲爱的读者,尚未见过——对于任何可能发生的情况，我都有了先见之明的优势。这种事问斯芬克斯是没用的——她守口如瓶，比如她的情人时间之神（诸神都与她相像），在她如此心境下，断然拒绝是肯定的。

于是我悄悄地开始给门锁上油，他们一看到这个笨拙的行为就完全信任我了。这倒不是说我的做法有多管用——很久以前就有人这么干过了。但他们看出，此刻我对他们认为非同小可的事颇感兴趣，于是就簇拥在我周围。

他们问我对那扇门怎么看，问我是否见过更好的，或者更差的。我把我所知晓的每一扇门都告诉他们，还说佛罗伦萨的洗礼之门做工更好，伦敦某建筑公司做的门比较差。随后我问他们，因为那份契约，斯芬克斯被什么麻烦给缠上了？

起初他们不说，我就停止给门上油。于是他们告诉我，是森林的大检察官——林间万事的调查员和复仇者。从他们的描述来看，我觉得这个人如赤子般单纯，是那种痴迷于某个领域的疯子，也是理智无法认知的谜团。正是出于这种恐惧，他们才紧张不安地摸索着那扇破门的锁。但这对斯芬克斯来说，与其说是恐惧，不如说是未卜先知。

尽管他们心怀希冀的愿望是美好的，但我不作如是想。很明显，他们所担心的，正是契约的必然结果——从斯芬克斯脸上听天由命的表情就能看出来，而非他们因大门而产生的焦灼和忧虑。

Sidney Herbert Sime (1865-1941), The Book of Wonder, The House Of The Sphinx, 1912
西德尼·赫伯特·森姆 (1865年—1941年), 奇迹之书, 斯芬克斯的宫殿, 1912年

风声猎猎，巨大的烛火在风中摇曳。他们一望而知的恐惧和斯芬克斯的沉默，让气氛越来越凝重。幽暗的风让烛火阴沉，蝙蝠在阴影中不安地翻飞。

远处传来几声尖叫，声音缓缓逼近，有什么东西正朝我们而来，笑声让人毛骨悚然。我急忙想抵住他们守卫的门，可手指却戳进了腐朽的木头里——已经朽到无法握住了。我来不及去注意他们的惊恐，我想起后门，就算是去森林也比待在这里好过。只有斯芬克斯镇定自若，她先知先觉，似乎已经看到了自己的末日，所以再没有什么新鲜事能使她不安。

凭借和人类一样古老的朽烂梯子，我翻过可怖深渊泞滑的边缘，心里有种不祥的眩晕，脚底升腾起一阵寒意。我从一座塔爬到另一座塔，终于找到了那扇后门。门开在一棵大松树幽暗的枝干上，我顺着爬到地面，为自己又回到曾经逃离的森林而愉悦。

至于斯芬克斯，她仍在那栋危机四伏宫殿里，我不知道她会如何抉择——是永远惆怅地守望着那被年轻男子们窥睨的契约，心神不宁地追忆那些她了然于心却骇人听闻的事，还是她最后也会溜走，从一个又一个深渊攀爬而过，抵达更高的境界，依然睿智不朽呢？

谁知道那个诡诞不经之物，究竟是诸天神圣，还是妖魔鬼怪呢？

4. 三个文化人的冒险经历

牧民们抵达艾尔罗拉时，歌已经唱尽了。当务之急，就是要把金匣子偷到手。一方面，许多人都在找寻金匣子——正如埃塞俄比亚人所知，这只容器装满了价值连城的诗歌，而他们的灭亡，仍是阿拉伯人津津乐道的话题。另一方面，夜晚围坐在篝火旁，倘若没有新歌，是多么寂寞。

一天晚上，在姆卢纳峰下的平原上，赫人部落讨论了这件事。自古以来，他们四海为家，足迹遍及世界各地。由于没有新歌，部落长老也起了纷争。然而，姆卢纳峰不为人类的烦忧所扰，也不为隐匿在平原上的黑暗所动，只在余晖中凝望着这片迷疑的土地。

此时，在姆卢纳峰另一边的世人皆知的平原上，当昏暗的星辰踩着鼠步现身，篝火的烈焰如羽毛般升腾，却没有歌声为之欢呼时，牧民们匆匆制定了一个草率的计划，世人称之为"寻找金匣子"。

对部族长老来说，最为明智的举措，就是选择了斯利兹当窃贼。正是这个窃贼（就在我写下这篇文字时），在许多学校老师的课堂上，比威斯特利亚国王还要稍胜一筹。不过金匣子很沉重，还得有别人协助，而西皮和斯朗格算得上是古董贩子里身手最利落的人了。

于是第二天，三人攀上了姆卢纳峰的山肩，与其在这片迷疑的土地上冒险过一夜，还不如在雪地里睡个好觉。晨光灿烂，鸟儿欢唱，但下方的森林、身后的荒野，以及寸草不生的危岩峭壁，都流露出一种无声的威胁。

尽管斯利兹有二十多年的偷窃经历，却少言寡语。只有当同伴踢飞石子，或者踩爆林中枯枝时，他才会厉声正色、反复强调："这样干活可不行！"他心知肚明，自己不可能在两天的路途中，就把他们变成合格的窃贼，所以，不论他有什么顾虑，都再不多言。

他们从姆卢纳峰的山肩下到云层，又从云层进入森林。三个窃贼深知，对于林中猛兽来说，无论是鱼还是人，都只是嘴边的肉。他们从口袋里恭敬地请出各自的保护神像，祈求在这片不幸的森林里，能得到佑护，让他们逃生的几率提升三倍。因为如果有什么东西能吃掉仨人里的一个，就一定能吃掉所有人。他们必须相信，如果有一人可以逃生，那么其他人也一定能。三个保护神里是否有一个或者全部都显灵，没有人知道；他们是否有机会穿越这片潜伏着猛兽的丛林，也没人知道。可以确定的是，彼时彼地，给三位冒险家带来厄运的，既非他们畏惧的神祇，也并非这块不祥之地的守护者之怒。

于是他们来到了那片迷疑之地的中心，犬牙交错的山丘——是激烈的地震波造就的，不过地震已经平息好一阵了。一头对人类而言极其不公平的庞然大物，神气活现地从他们身边静悄悄地经过。等他们逃过它的注意后，有一个不约而同的声音在三人的脑海里回响："万——……万——……万——……"惊魂方定，他们又小心翼翼地向前走。

没过不久，他们看到了那个没有恶意的小精灵米普特——他有一半仙子和一半地精的血统，在世界边缘发出惬意而刺耳的尖叫声。三人悄悄走开了，尽管米普特没有恶意，但据说他有强烈的好奇心，而且不会保守秘密。他们或许还厌恶他用鼻子蹭尸骨的样子，只是不愿意承认。要是一个人在意谁会吃掉自己的骨头，可就成不了合格的冒险家。

不管怎么样，他们总算躲开了米普特，几乎立刻就抵达了枯树之林，这是他们此行的最后关卡。他们知道，旁边就是世界裂缝和那座每况愈下的桥，而在他们下面，就是金匣子主人的石屋。

他们的计划非常简单：溜进峭壁上方的走廊，从石刻警示文字下轻快地（当然得光脚）跑过去——上面的文字翻译过来就是"君子自重"，不要触碰那些别有用心的浆果，从右边向下，然后走向在神龛上沉睡千年而今仍在安眠的守护者，从开着的窗口钻进去。

三人中的一个，要留在世界裂缝附近接应，直到另两人带着金匣子出来。一旦听到呼救，接应者就以解开夹着世界裂缝的铁钳相威胁，换取同伴的平安。拿到匣子后，他们要步履不停地赶一天一夜的路，一直跑到笼罩着姆卢纳山坡的云堤，凭借云堤的阻隔，甩掉匣子的主人。

峭壁上的门大开着，他们一言不发地走下冰冷的台阶，斯利兹全程走在前面。每个人都向美丽的浆果投去渴望的一瞥，就头也不回地离开。守护者还在它的神龛上沉睡。在斯利兹指引下，斯朗格踩着梯子爬到夹紧世界裂缝的铁钳处，手持凿子候在边上。当同伴们钻进屋子时，他竖起耳朵，以防不测，但暂时还没有异响。

斯利兹和西皮找到了金匣子——一切似乎都在按照他们的计划进行，只要确认了匣子的真伪，就带着它赶紧逃离这个可怕的地方。在神龛底座的遮挡下，他们与守护者如此之近，似乎都能感觉到他的温度，这种温度能使得一腔热血的人若涉渊冰。他们拨开翡翠卡扣，掀开金匣子，借着火石之光翻读——斯利兹懂得如何打出火花——不过就算是如此微弱的光芒，他们也得用身体遮挡。

即使在守护者与深渊之间，如此危急的时刻，他们依然欢喜若狂。因为他们发现匣子里有十五首无与伦比的阿尔凯奥斯体颂歌，五首美得登峰造极的十四行诗，九篇堪称人类文明凤毛麟角的普罗旺斯民谣，一首二十八阙字字珠玑的《飞蛾颂》，一首

Sidney Herbert Sime (1865-1941), The Book of Wonder, The Edge of the World, 1912
西德尼·赫伯特·森姆 (1865年－1941年), 奇迹之书, 世界的边缘, 1912年

长达一百多行而人类难以望其项背的无韵诗,以及十五首千金难买的抒情诗。

他们还想再读一遍——这些诗能让铁骨铮铮的男儿喜极而泣,让人回忆起儿时的美好时光,把幸福的声音从遥远的坟墓召唤而来。但是,斯利兹果断地指了指来路,熄灭火花。斯朗格和西皮喟然太息,抬起了金匣子。

此时守护者依然沉睡于千年之梦。

他们离开时,看到一把舒适的椅子,紧挨着世界的边缘。想必匣子的主人最近就独自坐在那里,阅读诗人们梦寐以求的美妙绝伦的诗歌。

他们安静地走近梯子,然而,就在这黑夜里最隐秘的时刻——当他们以为安然无事时,楼上的房间里有一只手,悄无声息地点亮了一道令人心惊肉跳的光。

那一瞬间,它或许还是一道普通的光,但此时此景,它简直就是一道要命的光。当它紧紧追逐在他们身后,像一只猩红的眼睛喷射出浓烈的血色光芒,就连最乐观的人也会心生绝望。

西皮自不量力想逃走,斯朗格自命不凡想藏起来。而斯利兹很清楚楼上房间那盏灯为何被点燃,也知道是谁点燃的;他从世界边缘一跃而下,穿过我们继续跌落,堕入永无轮回的黑暗深渊。

5. 信神者庞波的不当祈愿

信神者庞波向阿姆兹做了一次简单而必要的祈愿，请求很简单，就连一尊象牙神像也能轻易满足他，可是阿姆兹却没有立即满足他。于是，庞波向塞尔玛祈祷，请求推翻阿姆兹，但是阿姆兹对塞尔玛很友好，这样做违反了诸神之间的规矩，因此塞尔玛拒绝答应这个小祈求。于是庞波狂热地向所有受人供奉的神祈愿，因为这虽说是一件小事，但对一个人来说非常重要。

比阿姆兹更古老的神祇都拒绝了庞波，甚至那些比阿姆兹年轻但声名鹊起的神也拒绝了他。他一个接一个地祈愿，可是没有神愿意听。刚开始，他完全没想到自己违背了那种微妙而神圣的规矩。当他向第五十位神祇祈愿时，他忽然意识到，是所有的神祇在联合起来抵制他。

当庞波发现这点时，他对自己的出身生出强烈的怨恨，并悲叹自己迷失了方向。那时，在伦敦每一家出售象牙或石头神像的古董店，人们都能见到他。尽管他出生在将恒河奉为圣物的缅甸，但他和族人一起生活在伦敦。在十一月一个糟糕的、细雨朦胧的晚上，在某家店铺的灯光下，他颓唐的脸紧贴在玻璃上，向一位盘腿安坐的神像祈愿，直到警察把他拖走。店铺打烊后，他就回到自己邋遢的房间——位于我们首都少有人说英语的那个区，向他自己的小神像祈愿。

当庞波简单而必要的祈愿被博物馆、拍卖会和商店里的神像一致拒绝后,他暗自思忖,买来香烛,在自己那尊廉价的小神像前的火盆里焚烧,同时用那种耍蛇人迷惑蛇的乐器吹奏音乐。然而,神祇们依然不逾矩。

我不知道庞波是否知道这条规矩,但他似乎认为规矩在自己的需求面前不值一提,或者说他陷入那个渐渐绝望的愿望中无法自拔,已经歇斯底里。总之,信神者庞波忽然抄起一根棍子,变成渎神者。

渎神者庞波立即走出房间,将他的神像和灰尘一起扫地出门,弃若敝屣,同时开始与人来往。

他找到一位德高望重的信神者领袖,此人用奇石雕刻神像,庞波将自己的情况讲给他。领袖以人之名,斥责庞波打碎神像——"这不是人造的吗?"领袖质问道。他就神像本身分享了许多自己颇为深刻的见解,还解释了那条神圣的规矩和庞波是如何违反了规矩,以及世间的神像为何不听庞波的祈愿。

庞波听到这里,号啕大哭,声嘶力竭地抗议。他诅咒象牙神和玉石神,诅咒制造这些神像的人类之手。而他诅咒得最多的,就是那条规矩,如他所说,那规矩毁了一个无辜的人。以至于到后来,自制神像的领袖,也停下了手中的活计,他本来正为一位厌倦了沃什的国王制作碧玉神像。他同情庞波,并告诉他,虽然世间没有神会听他的祈愿,但在世界的边缘,有一位因蔑视规矩而声名狼藉的神,他会实现那些体面的神不愿倾听的祈愿。庞波听到这些话,兴奋地拽住领袖的胡子,一边亲吻,一边把自己横流的涕泗擦抹干净,恢复了原先鲁莽的他。

那个用碧玉雕刻沃什篡位者的工匠,向他说明如何前往世界尽头的村落:在终结大街的尽头,靠近花园围墙的地方,有一个看上去像是深井的洞口。如果你两手撑住洞口的边缘,身体探进去,你的脚会触碰到一个突出的平台,那是通向世界边缘的台阶顶层。

领袖说:"据人们所知,这些台阶可能别有用心,甚至一通到底,但讨论台阶的下层毫无意义。"随即,庞波的牙齿在打颤,因为他怕黑,可那人说,台阶沿路总是闪烁着微弱的蓝光,世界就在其中旋转。他又说:"然后,你会经过孤寂之屋,从一座桥下穿过——那座桥不通向任何地方,目的地无从猜测。再往前,经过花神马哈里翁和他非鸟非猫的大祭司,你就可以找到小神达斯,这位声名狼藉的神可以实现你祈愿。"说完,他又为厌倦了沃什的国王,继续雕刻碧玉神像。庞波谢过他后,哼着小调离开了。因为在他心里,用他自己的话说就是他认为"他有了诸神"。

从伦敦前往世界尽头是一段漫长的旅程,庞波不名一文,但不到五个星期,他已经在终结大街上漫步了。至于他究竟是如何抵达的,我在此就不赘述了,因为可能不太正当。在终结大街尽头的屋子后面,庞波找到了花园尽头的井。当双手撑在井沿上时,他的心里涌现出诸多念头,但在这些念头里,最重要的一个是：诸神正通过他们的先知——信神者领袖的嘴来嘲笑他。这个念头在他脑子里跳跃不止，直到他的头像手腕一样疼……随后，他找到了台阶。

庞波沿着台阶向下，果然——微光映照，世界在其中旋转，星辰在远处明灭闪烁。在沿着台阶向下时，他的面前除了那片奇异的蓝色汪洋、点点繁星和来回穿梭的彗星外，别无他物。接着，他看到了通往乌有之乡的桥上的灯火。恍然之间，他站在了孤寂之屋闪闪发亮的厅堂窗户里。他听到有言语传来，却绝非人类的声音，若非迫切渴求，他一定会尖叫着逃走。

马哈里翁身披彩虹，在世间闪耀夺目，而在马哈里翁和那声音之间，他看到了那只非鸟非猫的异兽。正在庞波胆战心惊、犹豫不决之时，孤寂之屋的声音越来越大，他只好悄悄往下走了几步，急速从异兽身边冲过。

异兽全神贯注地注视着马哈里翁向上投掷的气泡。在未知的星宿里，每一个气泡都是春意盎然的季节，召唤燕子回到不可思议的原野，以至于它对庞波不屑一顾。它看着花神落入林伦拉娜河——一条发源于世界边缘的河流，金色的花粉让河流的柔波变得甜蜜，再被潮汐带离这个世界，为群星送去欢愉。

此时在庞波面前的，就是那位声名狼藉的小神祇，他藐视规矩，会实现那些体面的神不愿意倾听的祈愿。也许是见到他，让庞波过于激动；抑或是他的愿望过于强烈，驱使他飞快地下台阶；但更有可能的是他冲过异兽时，急不暇择——于是，他未能像自己料想的那样,拜倒在达斯的脚下祈愿,而是马不停蹄从神祇身边冲了过去。他企图抓住光滑的裸岩,可是为时已晚,他从世界边缘失足坠落——就像我们的心脏漏跳一拍时于梦中坠落,伴随着可怕的心悸猛然惊醒。

但是,庞波再也醒不过来了。他将一直坠向缥缈的星空,和斯利兹的命运殊途同归。

6. 鲍姆巴夏纳的战利品

对于海盗船长沙德来说,他所熟悉的所有海域,而今已变得相当棘手。西班牙的港口对他关闭;圣多明戈的人都熟悉他;经过锡拉库扎时,人们对他另眼相看;西西里的两个国王谈及他始终没有好脸色;每一座都城,都贴着巨额悬赏他的告示——他的头像每一幅都獐头鼠目。因此,沙德船长认为,是该把那个秘密告诉手下的时候了。

在离开特纳利夫岛的前一个晚上,他召集大家,向他们坦然承认,过往有些事情可能需要有所交代:阿拉贡亲王们献给侄子的王冠,一定未能到达两位美洲国王的手里。人们可能会问,斯托布巴德船长的眼睛是谁剜掉的?巴塔哥尼亚海岸的城镇是谁烧毁的?为什么像他们这样的船要运送珍珠?为什么甲板上血迹斑斑,满目疮痍?南希号、云雀号和玛格丽特-贝尔号在哪里?

他强调说，好奇的人会问起这些问题，但假如被告的辩护人，只是个不熟悉海上规则的傻瓜，他们就可能会官司缠身。

一个叫"血腥比尔"的船员——大家通常会粗鲁地叫他干戈先生——望着天空说，今晚会刮风，看起来就像要刮了。当沙德船长毫无保留讲了自己的计划后，在场的好些人，都若有所思地摸着自己脖子。他提出，是时候放弃云雀号了，因为有四国的海军都对它相当熟悉，第五个国家的海军也对它有了认识，还有其他国家也都盯上了它。（有越来越多的快艇，都在寻找它那面带着黄色骷髅和交叉骨的黑色海盗旗，甚至比沙德船长预料的还要多。）他知道，在被称为魔藻之海的另一边，有一小片群岛——大约有三十座岛屿，都是些鸟不拉屎的荒岛，唯有一座是浮岛。他在许多年前就注意到它，并上了岸。他从未告诉过任何人，但已暗自下锚，把它固定在深海底下。他把这件事当成生命里的大秘密，并决定有朝一日如果无法在海上谋求生计，就去那里结婚定居。他第一次见到浮岛时，它正在随着树梢上的风缓缓漂动，如果缆绳没有朽坏，岛应该还在原地。他们可以设置船舵，在地面下挖出船舱，到晚上在树干上升起船帆，随心所欲地航行。

听了他的话，所有海盗都欢呼雀跃，他们都想重新踏上陆地，踏上一片不会有刽子手随时出现准备绞死他们的土地。尽管他们胆大包天，但在夜里看到那么多追捕船的灯光迎面照来，还是会惴惴不安。即便如此……船还是转了个弯，消失在雾中。

沙德船长说，他们需要先补充给养，而他自己则打算在安居之前先结婚。因此,在弃船之前,他们必须再干一票大的——洗劫海滨城市鲍姆巴夏纳,囤积够用几年的粮食补给。同时,他要迎娶南方女王。海盗们群情鼎沸,喜出望外。他们经常在海上遥望鲍姆巴夏纳,觊觎那里的财富。

他们扬帆起航,不过会更改航线,避开那些异样的光。直到黎明到来之前,他们一整天都在朝南方急速航行。傍晚时分,他们看到了鲍姆巴夏纳的银色塔尖。这座修长的城市是海滨的瑰宝。尽管相距甚远,他们还是看见了南方女王的宫殿。层层高窗面朝大海,光彩绚丽,那些光来自水面的落日余晖,来自宫女们点亮的盏盏华烛。远远望去,就像一颗刚出水的珍珠,盈盈欲滴,溢彩流光。

因此,当沙德船长和他的手下,在傍晚隔水遥望鲍姆巴夏纳时,他们想起了传闻:据说鲍姆巴夏纳是世界海岸线上最美的城市,而它的宫殿更是美轮美奂。至于南方女王,传闻中未曾言喻。

夜幕降临,银色塔尖隐没,趁着夜色渐浓,沙德命令继续航行,才到午夜时分,海盗船已停泊在临海的城垛下。

在重病者多难的时辰、在哨兵在清冷的城墙上持械苦熬的时辰——就是黎明之前的那半小时,沙德率一半船员,划着两艘快船,老练地压低船桨,在城垛下登陆。在警钟鸣响之前,他们已穿越宫殿大门。在警钟鸣响后,留守船上的炮手,朝城里开火。在鲍姆巴夏纳那些半梦半醒的士兵,尚未搞清强敌来自海上还是陆地时,沙德已经俘虏了南方女王。

海盗们本想花一整天时间洗劫这座银色的海滨城市,但是天刚破晓,一艘可疑的上桅帆船就出现在海平线上。船长立刻掳着女王下到海岸,匆忙返回船上,只带了些仓促掠夺的物品就起航了。只是回来的兄弟,比去的时候要少一些——只有恶战的幸存者才能回到船上。

一整天,他们都在咒骂那些不怀好意者越来越近的侵扰。起先有六艘船,及至入夜,尚未被甩掉的还剩两艘。可是直到次日,那两艘船还紧跟不放,每一艘船上的火力,都超过绝望的云雀号。

沙德在海上整夜逃窜,用尽办法,终于把两艘船分开,可其中一艘仍然咬住不放。等天亮时,两艘船一前一后,在大海上趁波逐浪。而沙德的群岛近在眼前,那是他生命的秘密。

沙德心知肚明,一场恶战无法避免,不过这正合他意——他的岛上容不下这么多人。在其他敌船追来之前,战斗就结束了,沙德解决了所有后顾之忧,当晚就抵达了魔藻之海附近的群岛。

东方将白,幸存的船员凝望着海面。那座浮岛随着黎明而来,面积还不到两艘船大。风吹过树梢时,它使劲拽着船锚。

随后,海盗们登上浮岛,在地面下挖出舱房,再从深海起锚。没过多久,他们就把这里整顿得井然有序。空荡荡的、绝望的云雀号,被挂满帆送出海。在那里,比沙德船长预料中还要多的国家,正对它虎视眈眈。不久以后,它将被西班牙海军上将俘获,当他发现船上那些臭名昭著的海盗一个个踪影全无,他无法将他们绞死在船桅上时,他一定会忧愤成疾。

在浮岛上，沙德为南方女王拿来普罗旺斯最高级的陈酿；劫掠了向马德里运送珠宝的大帆船，把上面的印第安珠宝送给她当饰品；为她在明媚的阳光下摆好餐桌，从舱房里叫来船员，为她竭尽可能唱好听的歌。可是女王却丝毫不领情，一直郁郁寡欢，对他喜怒无常。

于是，他经常在晚上向人诉苦，希望自己能多了解女王的生活方式。如此这般过了好几年，海盗们在浮岛中的空舱房里喝酒赌博，而沙德船长却以取悦南方女王为本职，可是女王始终忘不了鲍姆巴夏纳。当岛上需要补给时，他们就在树上起帆，在没有船只的海上，顺风疾驰。一旦发现船，他们就马上降下帆，变回一块普通的无名礁石。

他们大多在夜间活动，有时会一如既往地到沿海城镇附近逡巡；有时还会大胆地进入河口，甚至暂时靠在陆地上，掠夺附近的居民，再逃回大海。倘若有船只在夜晚因触到他们的礁而失事，他们就会说"一切都是最好的安排"。他们的航海术越发精妙，行为也越发诡谲。他们知道，任何关于绝望的云雀号的老船员的动静，都会让刽子手直奔每一个码头。

从未有人找到过他们，也无人侵占他们的岛。不过，传闻在码头间风传，传到所有水手的聚居地，一直流传至今——在普利茅斯和霍恩之间，有一块从未标明的险恶礁石，它会突然出现在最安全的航道上。遇上它的船只应该都失事了，但诡异的是，从未留下任何海难凭证。起初，人们对此多有臆测，直到一个老流浪汉偶然撇下一句:"那不过是大海的众多谜团之一罢了。"

从此以后,沙德船长和南方女王过着还算幸福的生活,只不过在夜阑人静之时,树上守夜的人会窥见船长昏然独坐,喃喃自语:"我要是能多了解女王的生活方式就好了!"

7. 库比奇小姐和传奇之龙

这个故事,在贝尔格雷夫广场的阳台上和庞特街的塔楼之间家喻户晓。每到晚上,人们就在布朗普顿路上吟咏此事。

十八岁生日这天,住在威尔士亲王广场 12A 号的库比奇小姐绝不可能想到,在又一年过去之前,她再也见不到那栋难看的椭圆形房子了。而很长一段时间以来,那都是她的家。

倘若你再对她多讲一些,告诉她这一年的所有痕迹——关于那个所谓的广场,关于她父亲以压倒性优势当选从而引领帝国命运的那个日子,都将从她的记忆里彻底消失,那么她一定会用那种忸怩作态的语气对你说:"去你的吧!"

报纸上什么也没说,她父亲所在的政党也尚未准备任何对策,在那天晚上的派对上,库比奇小姐参与的谈话也毫无这方面的迹象——她根本没有接到任何警告:一条可恶的黄金巨龙竟然飞离了传说中的圣人时代,龙鳞摩擦铮铮作响,在夜幕降临之前(据我们所知),就已经穿过汉默史密斯,到达阿尔德大厦,随即左转，自然就到了库比奇小姐父亲的房子里。

傍晚，库比奇小姐独自一人坐在她的阳台上，等着父亲被册封为准男爵。她穿着家居鞋，戴着便帽，穿着低领晚礼服，一位画家正在为她画像，因为只是面部肖像，所以他们都没觉得这一身穿着在搭配上有什么不妥。

她并未注意到巨龙金鳞的摩擦声，也未从伦敦斑斓的上空，分辨出那一双闪烁着红光的小眼睛。巨龙忽然抬头，阳台上方金光泄地。那时，他看上去并非金色，闪亮的鳞片映射着伦敦只有在傍晚和夜间才会浮现的瑰丽。她失声惊叫，可并没有骑士——她不知道该召唤哪位骑士，也猜不到远古浪漫时代那些降龙勇士如今安在，更不知道他们如今为何而争夺或进行怎样的战争；或许此时，他们正在为末日决战而厉兵秣马。

在她父亲位于威尔士亲王广场的房子的阳台外——漆成深绿色的阳台颜色逐年变深——巨龙拎起库比奇小姐，展开猎猎作响的双翼，扶摇直上，伦敦就像潮流过去般消失远去。英格兰也消失远去。工厂的浓烟和那曾环绕在太阳周围嗡嗡作响、被时间步步紧逼的物质世界，通通消失远去——直到那片古老而不朽的传奇大陆，出现在神秘的大海上。

你无法想象那幅场景，库比奇小姐一只手慵懒地抚摸着只有歌谣里才有的龙的金色脑袋，另一只手则盘弄着来自大海荒僻之地的珍珠。他们在大鲍壳里装满珍珠，放在她身边；为她送来绿宝石，让她乌黑亮丽的长发闪烁宝石的光辉；还为她带来缀着蓝宝石的披风——这些事都是传奇中的王子，与神话里的精灵和矮人所为。

一定程度上，她还活着，而某种程度上，她已经是很久以前的人物了——就像保姆所讲的那些神话故事里的人物。夜幕低垂，炉火旺炽，雪花在玻璃上发出轻柔的啪嗒声，如古老的魔法森林里的可怕之物窸窸窣窣的脚步声。孩子们乖巧地守在保姆身边，听她娓娓道来。

刚开始，库比奇小姐还对那些从小陪伴她长大的精美奇巧之物念念不忘。然而，当神秘的大海唱起古老而多彩的歌、吟诵仙境的传说——起先对她只是抚慰，最终却使她沉溺。她甚至忘了英格兰人喜闻乐见的药片广告，忘记了政客们见风使舵的言语，忘记了见人说人话、见鬼说鬼话。她只能满足于看着装满财宝的金色大帆船驶向马德里，看着海盗们升起骷髅旗，看着"小鹦鹉螺号"出海，看着传说中的英雄或者王子的船只到处搜寻魔法岛。

巨龙并未用锁链将她囚困，而是用了一种古老的咒语。对一个长期读报的人，报纸作为困住她的咒语，终究会厌倦——你可能会说，再过一段时间，不论西班牙大帆船还是其他的，都会成为旧闻。再过一段时间……可是，究竟是几个世纪还是几年过去了——抑或时间根本没过去，她一概不知。如果说还有什么能表明时间在流逝，那就是小妖在高地吹奏的号角旋律。即便几个世纪从她身边流走，束缚她的咒语也能让她青春永驻，让她身后的夜灯长明，让那面朝神秘大海的大理石宫殿不朽。倘若她身边没有时间流逝，那些在奇异海岸上的顷刻须臾仿佛就会变成一块水晶，辉映出万千情景。如果这一切如南柯一梦，那么这是一场没有破晓，也不会消逝的梦。

惊涛拍岸，低诉着征服和神话。在被囚困的小姐身边，金龙在大理石龙池中酣然入梦；距离海岸不远之处，巨龙的梦境在海上的薄雾中若隐若现。他从未梦到一个前来拯救的骑士。只要他还在梦乡，黄昏就会永驻。而当他从龙池中跃起时，夜幕就会降临，星光滴落在他潋滟的金色鳞片上，熠熠生辉。

在那里，他和他的囚徒要么击败时间，要么与其永不邂逅。然而，在我们所知晓的世界里，惨烈的朗塞斯瓦尔峡谷之役和其他战争还在继续——我不了解她被巨龙带去了哪一段浪漫海岸。也许她成了人们津津乐道的传奇故事里的公主之一，但是，且让我还当她住在海边：那儿被国王统治，随后被恶魔占领，接着又被国王收复，许多城市归于尘土；而她依然留在那里，她的大理石宫殿并未消失，龙之咒语也未消失。

只有一次，从她的故土世界捎来一封信，它乘着一艘散逸着珍珠光泽的船只，跨越神秘海洋而来。那是她在帕特尼时的一位老同学寄来的，除了一张便条，别无他物。便条上用小而优雅的圆体字写着："你独自待在那儿不妥。"

8. 为了女王的眼泪

西尔维娅是森林女王,她在林间的宫殿里主持朝会,让她的求婚者沦为笑柄。她说,她会为他们唱歌,为他们设宴,给他们讲传奇故事;她的宫廷艺人会给他们耍把戏,军队会朝他们敬礼,小丑会对他们口吐莲花、跟他们逗乐,只是她不会爱上他们。

他们说,这可不是待客之道。他们不是显赫的王子,就是乔装成神秘游吟诗人的国王。她这种行为,不仅与预言所载不符,即便在神话里也是史无前例的。他们说,女王应该把她的白手套扔进狮子窝要求勇士取回,应当要求勇士献上二十个利坎特拉毒蛇的头,或者杀死一条臭名昭著的恶龙,或者任何一样不成功便成仁的任务都行。但是她却不会爱上他们! ——简直闻所未闻——这在演义史上也算是旷古奇闻。

众怒难犯,女王只好说,如果他们非要一个任务的话,那么这个任务就是——先让她流泪。在史籍和歌谣中,这项任务被命名为"为了女王的眼泪"。达成任务者,就是她托付终身之人,哪怕那人只是一个不见经传之地的小公爵。

许多人都被激怒了,他们想要的是那种血雨腥风的任务,可是在大厅晦暗的另一端,女王年迈的侍卫大臣们,却在远处窃窃私语。他们说,这项任务既苦难又英明,倘若女王会哭,她也

-40-

就会爱。这些年迈者看着她从小长大,她从来没有唉声叹气,遑论哭泣。她见过的男人数不胜数,包括求婚者和大臣,但她从来没有为谁流连片刻——哪怕只是多看一眼也没有。她的美如同冰雪世界里,凄楚黄昏的落日,不可方物而又冷若冰霜。她就像一座遗世独立的孤峰,在艳阳高照下,依然冰肌雪肤,幽远地耸立在安逸的尘世之外。长夜冥冥,万里清晖,天无星斗,地无旅人。

侍臣们说,若她会哭,她就会爱。

面对殷勤的王子和乔装成游吟诗人的国王,女王巧笑嫣然。

求婚的王子们,一个个捶胸顿足地为女王讲述忧伤的故事。这些故事的确很悲惨、令人怜惜,就连长廊上的宫女们听见,都失声哭泣。可是女王却只是优雅地点着头,宛如一支深夜里倦怠的木兰,任凭微风拂过她绚烂的花朵,而她安之若素。

当王子们讲完那些令他们痛不欲生的爱情故事,徒然带着自己的眼泪离开后;那些不知名字的游吟诗人登场了,他们长歌当哭、讲诵自己的故事,却不提及自己尊贵的名字。

一个叫阿卡洛尼翁的人,衣衫褴褛、蓬头垢面,但在破衣烂衫下,却是一副伤痕累累的盔甲——表面满是刀痕和弹孔。他弹着竖琴唱歌时,宫女们潸然泪下,就连老侍臣们也哽咽啜泣。他们含泪笑着说:"让心软的老人和没见识的女孩子流泪,算不上真本领,要让森林女王哭泣,可不是那么容易的事。"

阿卡洛尼翁是最后一位求婚者,女王也只是优雅地点点头。王子和游吟诗人们黯然离场,但阿卡洛尼翁却边走边沉思。

其实他是阿法尔玛、卢尔和哈夫的国王，是西罗奥拉和常山的君王，也是莫隆和玛拉什的领主——这些地区在传奇里无人不知，在神话里无人不晓。阿卡洛尼翁依然衣衫褴褛，思索着离开。

许多人成年之后，因为案牍劳形，就忘记了自己的童年。要知道，在世界尽头的仙境底部，住着一只欢喜兽，它是快乐的化身。

大家都知道，人们经常把云端的百灵鸟、户外嬉戏的孩子、善良的女巫和欢乐的老顽童比作欢喜兽——多么恰当的比方！它只有一个"臭毛病"（请允许我用俚语，把意思说清楚），仅仅一个缺点，就是在高兴得忘乎所以时，它会把照管仙境的老翁种的卷心菜吃光——当然了，它也吃人。

还有一点必须得了解，如果有人能得到一碗欢喜兽的眼泪，一饮而尽，在魔力的加持下，他就会唱歌或者作曲——只要魔力不消失，听闻者无不喜极而泣。

此时阿卡洛尼翁这样盘算：如果他能用艺术手段取得欢喜兽的眼泪，用音乐魅惑它，化解攻击；倘使有一位朋友在它停止哭泣之前，就杀死它（就算是人类痛哭也有停下的时候），如此一来，就可以带着它的眼泪全身而退了。然后，他就可以在森林女王面前喝下眼泪，逗她喜极而泣，流下眼泪。

因此，他找到一位忠诚的骑士——此人无意于森林女王西尔维娅的美貌，在早先的夏日，他就钟情于一位林间的少女。骑士名叫阿拉莱斯，是阿卡洛尼翁的子民，也是他长矛卫队里的武士。

他们一同出发，穿越了寓言里的旷野，最终抵达仙境——众所周知，这是一个在世界边缘沐浴阳光的国度。

他们经过一条奇怪而古老的道路，来到向往之地，源自太空的风从那条路上方掠过，携带着一种遨游星际的金属味道。他们来到一间透风的茅草屋，照管仙境的老翁住在里面，他坐在客厅的窗边，背对着整个世界。老翁在面朝星空的客厅里接待了他们，给他们讲天际的故事。当他们把冒险任务告诉他时，老翁表示，杀死欢喜兽是一件功德无量的事——因为他显然不属于喜欢它那种表达欢乐的方式的人。

他把他们从后门带出去，因为前门没有路——甚至连一节台阶都没有，老翁总是经常从前门把污水泼到南十字星座上。随后他们来到了种着卷心菜的园子里，园里盛开着只有仙境才有的花，它们的脸总是朝向彗星。老翁给他们指了通向仙境"底部"的路，欢喜兽的巢穴就在那里。

他们制定了策略：阿卡洛尼翁带着竖琴和一只玛瑙碗沿着台阶上去，阿拉莱斯则绕道从另一边的峭壁爬上去。照管仙境的老翁走回他透风的茅屋，经过卷心菜园时，他还生气地嘟囔着，他可不喜欢欢喜兽得意忘形的样子。与此同时，阿卡洛尼翁和阿拉莱斯也开始分头行动了。

除了一只长期吃人肉的晦气乌鸦外，没有人注意到他们。

凛冽的风从星空吹来。

经过一段异常险恶的攀爬，阿卡洛尼翁终于爬到了平坦的区域，宽阔的台阶一直从边缘通向洞穴深处。就在这时，他听到台阶顶上传来欢喜兽连续不断的咯咯笑声。

他忽然心生畏惧，担心它的欢乐无法战胜，就怕最悲怆的歌声也无法使它哀伤。不过，他并没有退缩，而是轻快地爬上楼梯，把玛瑙碗放在台阶上，唱起了那首叫《悲恸》的歌。它讲述了早在世界的黄金时代，荒芜与悔恨就已降临在欢乐的城市；它讲述了神灵、野兽和人类在远古之前，如何倾心于绝世美人，却终究徒劳；它讲了无数美好的愿望，却绝口不提如何实现；它讲述了爱神如何蔑视死神，却是死神笑到了最后。

巢穴里的欢喜兽心满意足的欢笑声戛然而止，它站起来，抖了抖身体，有些不太高兴。阿卡洛尼翁继续吟唱这首叫《悲恸》的歌。欢喜兽忧伤地走近他，他并未因恐惧而停止，而是继续唱。他歌唱时间的恶毒，两滴大泪珠从欢喜兽眼里夺眶而出。阿卡洛尼翁用脚把玛瑙碗推到一个合适的位置。他歌唱秋天的萧瑟和逝去的时光，欢喜兽哭了，宛若冰山融化，眼泪飞溅到玛瑙碗里。阿卡洛尼翁把一切置之度外，继续吟唱。他唱起那些让人快乐的东西，却因微不足道而不引人瞩目，他唱起映照在人们脸上那落寞的阳光最终的消逝。玛瑙碗里的泪水已经满了。可是阿卡洛尼翁一阵绝望，欢喜兽近在咫尺，他就要成怪兽的盘中餐了，有一次他差点以为它在流口水——其实只是流到嘴唇边的眼泪罢了。眼看欢喜兽就要止住哭泣了，他赶紧唱起那些让诸神失望的世界。忽然，嗖地一声，阿拉莱斯用尖锐的长矛刺入了欢喜兽的

Sidney Herbert Sime (1865-1941), The Book of Wonder, He Felt As A Morsel, 1912
西德尼·赫伯特·森姆 (1865年—1941年), 奇迹之书, 他感觉自己像是欢喜兽的盘中餐, 1912年

脊背——它的喜悦和悲伤，从此一了百了。

他们小心翼翼地带走那碗眼泪，把欢喜兽的尸体留给那只晦气的乌鸦当口福。路过透风的茅草屋时，他们向照管仙境的老翁告别。老翁听说他们杀死了欢喜兽，喜不自胜地搓着手，一遍又一遍地喃喃自语："真是太好了，我的卷心菜啊！卷心菜啊！"

不久之后，阿卡洛尼翁回到森林女王的林间宫殿，当着她的面，把玛瑙碗里的眼泪一饮而尽，随后就唱起了歌。那是一个盛大的派对，百官齐聚，来自传奇和神话之地的大使们也纷纷出席，甚至还有一些人来自特拉-卡格尼塔大陆。

阿卡洛尼翁的歌唱，可谓是"前不见古人，后不见来者"。

岁月蹉跎，步履维艰，不过黄粱一梦；埋头苦干，孜孜不倦，终究枉费心机。唉，悲哀啊，无尽的悲哀！这就是男人的一生。那么女人的一生又怎样呢？——谁能说清楚？那些漫不经心、无精打采和别有用心的神，将她的厄运和男人写在了一起。

他大约是这样开场的，随后灵感就攫住了他。他美妙歌声里唱出的所有烦恼，都缠绕着我：太多的欢乐，夹杂着悲伤，就像人生之路，宛若命运轮回。

他的歌声引起阵阵啜泣，嗟叹声此起彼伏。文武百官潸然泪下，宫女们号啕大哭。眼泪如大雨滂沱，泼淋着一条又一条长廊。

哭泣和哀伤，如风暴般笼罩着森林女王。

然而，女王是不会落泪的。

9. 吉布林的宝藏

众所周知，吉布林只吃人。一座桥将他们的邪恶高塔，与我们熟知的特拉－卡格尼塔大陆连接。他们的宝藏简直多到不可思议，任谁见了都会不思进取。他们有满满一地窖的祖母绿宝石，一地窖的蓝宝石；山洞里也塞满了金子，需要时就挖出来。如此匪夷所思的财富，仅有的用途，就是为他们的粮仓供应源源不断的食物。遇到饥荒之年，他们只需要把红宝石撒在人类城市的郊外，粮仓就会毫无意外地塞满。

他们的高塔矗立在一条河边，这条河环绕世界，被诗人荷马命名为胡－鲁斯－奥奇诺欧。吉布林饕餮的祖先们，在河面狭窄的浅滩处，建起了高塔。他们十分乐意让窃贼轻而易举把船划到他们面前来。岸边高大的树木，用它们巨大的根系，从河两岸汲取寻常土壤里没有的养分。

吉布林就住在那里，以让其声名狼藉的东西为食。

阿尔德瑞克——城市秩序和突击团骑士，国王和平思想的世袭捍卫者，一位神话中的人物——他对吉布林的宝藏觊觎良久，认定那是属于他的财富。唉，勇士们都热衷于在深夜冒险，可我竟然说他的动力源于贪婪。也正是因为人类的贪婪，吉布林的粮仓才永远充足无虞。每隔一百年，吉布林就会派探子潜入人类的城市，了解贪婪的近况，而探子们每次回来，都说一切正常。

有人也许以为，随着时间流逝，人们看到去高塔的人都有去无回，那么在吉布林餐桌上充当食物的人，也应该越来越少才对。但吉布林却注意到，情况恰恰相反。

阿尔德瑞克前往高塔，并非仗着年轻人的一腔热血和轻率的冲动，而是花了好几年时间，仔细研究以往探寻宝藏者失败的缘由，他发现他们每个人都是走了正门。

他虚怀若谷，向各方请教，获取建议，记录每一个细节，并大方地向出谋划策者支付酬金。但是他暗自打定主意，绝不采纳他们的任何建议。以前采纳意见的人而今安在？不过都成了人们餐桌上佐餐的逸闻，用不了一顿饭工夫就被遗忘——或许可能还用不了那么久。

所有建议里通常提到的必需品包括：一匹马，一条船，一副锁子甲，以及至少三名全副武装的随从。有人建议："吹响塔门的号角。"但也有人说："千万别碰号角。"

于是阿尔德瑞克决定，自己既不骑马也不划船，孤身一人，穿越穷途末路之林。

你可能会问，穷途末路之林，路都没有怎么能穿越呢？阿尔德瑞克的计划是这样：他知道有一条恶龙，农民们对它恨之入骨。它残害少女，糟践庄稼，蹂躏土地，是公国的一大祸害。

阿尔德瑞克决定去降服它。他披坚执锐，一路追杀恶龙。恶龙口喷浓烟，被逼出来应战。阿尔德瑞克对它喊："你听说过真正的勇士有被恶龙杀死的吗？"恶龙没听说过，它垂首不语，伤口血流如注。阿尔德瑞克又说："只要你发誓不再残害少女，就可以成为我忠诚的坐骑；如若不然，我手中的长矛将穿透你的身体——就像游吟诗人所讲的那样，你的血统就在此终结。"

恶龙未敢再张开血盆大口，也没有喷吐龙炎攻击骑士——它知道那样做的悲惨下场。最终，它同意了阿尔德瑞克的条件，向他宣誓效忠，心甘情愿地成为他的坐骑。后来，阿尔德瑞克骑在龙背上，穿越穷途末路之林，一起掠过拔地参天的巨树，那些巨树堪称是造化的奇迹。除了避免重蹈前人的覆辙以外，阿尔德瑞克还有更周密的计划。他找到铁匠，请他打造了一把鹤嘴镐。

听说阿尔德瑞克要去探险寻宝，群众喜出望外。所有人都知道他是个谨慎的人，不会无的放矢，因此都认定他必然会成功地把财富带给世界。人们一想起他将慷慨解囊，就兴奋地手舞足蹈。在阿尔德瑞克的国家，人人兴高采烈，唯独放高利贷的人怏怏不乐，担心人们马上就能还债。大家之所以欢喜，还因为如果吉布林的财宝被盗，就能拆毁高桥，砸断把他们维系在此的黄金锁链，让他们和邪恶的高塔一同飘回月球，回到他们来的地方，回到他们本该老实待着的地方。虽然所有人都贪慕吉布林的财宝，但没有人喜欢吉布林。

因此，当阿尔德瑞克跨上他的龙时，群众欢呼雀跃，仿佛他已经是征服者了。他们当然希望他给世界带来财富，但人们更高兴的是，他在临走之前把万贯家财散尽。他扬言，倘若自己找到了吉布林的宝藏，他就不需要这些钱了；而若他不幸成为吉布林桌上的烤肉，那这些钱他就更用不上了。

而当人们听说他拒绝了所有忠告和建议时，有人说他简直是疯了，也有人认为他比那些提出建议的人更英明，但没有人领会到这些计划的真正价值。

阿尔德瑞克自己如此推论：几个世纪以来，人们都接受最明智的建议，走最便捷的路。于是，每当吉布林粮仓见底时，就有人如他们所愿那样乘船而来——就像人们捉鹬，会去沼泽地一样自然。

"可是如果鹬栖息在树顶，人们还能发现它吗？"阿尔德瑞克说。于是，他决定凫水过河，不走正门，而是在石壁上凿开一条路，进入塔内。

此外，他打算潜入那条环绕世界的河流，在水平面下凿通塔壁。只要他凿开一个洞，汹涌而入的河水就能把吉布林灌晕，淹没那些二十英尺深的地窖。而他就会像采摘珍珠的人那样，潜入水中寻得祖母绿宝石。

那天，阿尔德瑞克千金散尽，启程远行，一路穿越无数国度。龙边飞边朝少女们做大嚼状，可是由于嘴里上了嚼子，不仅无法吃到，还换来了腹部一通持续的刺痛。如此这般，他们抵达了穷途末路之林的边缘——黑黝黝的树崖。巨龙展翅腾空，许多住在世界边缘附近的农夫，看见暮色流连之处飞过一条断断续续、摇摇摆摆的黑线，误以为是一队从海洋飞往内地过冬的野鹅。他们

Sidney Herbert Sime (1865-1941),
The Book of Wonder, There The Gibbelins Lived And Discreditably Fed, 1912
西德尼·赫伯特·森姆 (1865 年－1941 年)，奇迹之书，这就是吉布林们那臭名昭著的生活之地，1912 年

走进屋子,兴奋地搓着手说:"寒冬将至,天将欲雪。"

暮色飞逝,他们降落在世界边缘时,已经入夜,明月高悬。那条古老的河流静谧流淌,河道狭窄,河岸清浅。不知道吉布林们是在举办宴席,还是躲在门后窥探,竟然没有发出一点响动。

阿尔德瑞克跳下龙背,脱掉盔甲,在向他的夫人祈福后,带着他的鹤嘴镐下了水。因为担心遇见吉布林,他还随身带着剑。游到对岸后,他立即动手开干,一切按部就班。

高塔上所有窗户都亮着灯,里面的人看不见在黑暗中的他,也没有谁从窗口探头瞭望。他的鹤嘴镐,因凿击深深的岩壁而变得钝拙。他凿了整整一夜,没受到任何干扰。

直到破晓时分,最后一块石头被他凿穿、跌落到里面,河水也汹涌地灌了进去。阿尔德瑞克捡起一块石头,走到高塔门前的台阶下,将它狠狠地砸在门上,回声在高塔里轰响。他跑回去,从墙上的洞口跳了进去。

他进入储存着祖母绿宝石的地窖,宏伟的穹顶没有一丝光亮。但是,当他下潜二十英尺后,他的脚被满地的绿宝石和因装满宝石无法合上的箱子硌疼。借着一道微弱的月光,他看见周围的水都被宝石映成了绿色。他轻而易举地就装满了背包,浮出水面,他看见吉布林们站在齐腰深的水里,举着火把!

他们一言不发,甚至没有一丝胜利者的轻蔑之笑,干净利落地把阿尔德瑞克吊死在高塔的外墙上——许多故事都没有大团圆结局,这就是其中一个。

10. 努斯的偷窃艺术

尽管行业竞争激烈，但内行人都知道，如今在圈内，没人能与努斯先生相匹敌。而对圈外人来说，没人知道努斯先生，也就不用大肆宣传，他简直完美无瑕。就算是面对现代竞争，他也应付自如，不论对手如何吹嘘，他们对此也毋庸置疑。

他的条款很随和，你可以预付现金，也可以等事后勒索，一切都随你方便。他的技艺值得信赖——我曾亲眼见过，他行动起来，比一个月黑风高夜的影子还要寂静，因为他是贼中之贼。

去乡间别墅客居过的人，倘使看上了那儿的一块挂毯（或是一件家具和一幅画），段位不高者，通常会派出一名掮客去询价。而高段位者，则会在去过的头天或第二天晚上，就请努斯出马。努斯切割壁毯颇具匠心，他能让挂毯边缘不露斤斧。

每每在一些宽绰的新房子里，看到满堂古董家具和一些年代久远的画像，我都会暗自咋舌："这些古董椅子、大幅古画像和雕花的红木，可都是努斯无与伦比的杰作啊。"

也许有人会反对我使用"无与伦比"这个词，因为盗窃行内公认斯利兹才是他们的祖师爷，他才是绝无仅有的。我心里对此门儿清。斯利兹的杰出自不待言，但他属于老派窃贼，活在许久以前，对现代日益激烈的竞争一无所知；此外，他离奇的死亡被传得神乎其神，让人难免怀疑他的真实能力与传闻不符。

不要以为我与努斯是老友，恰恰相反，我对窃贼这个行当颇有成见。努斯是行业翘楚，声名显赫，用不着我为他大吹法螺。

故事伊始，努斯住在贝尔格雷夫广场的一栋大房子里。凭着独特的行事方式和魅力，跟看门的老太太交了朋友，这个地方很适合努斯。每当有购房者上门考察时，老太太就会用从努斯那里学来的一套话术，夸赞这栋房子。"要不是下水道的毛病，"她会说，"这该是全伦敦最好的房子了。"客人们就会抓住这句话，追问下水道怎么回事。老太太就会说："倒也没什么，只是跟房子比起来不算太好而已。"来人巡视各个房间时，努斯鸦默雀静地待在屋内，无人察觉。

一个春天的早晨，一位戴着红边帽子的老妇人，穿着整洁的黑衣服来找努斯，后面跟着她粗笨的儿子。看门人埃金斯太太，抬眼朝街上瞥了一眼，才让他们进去，在客厅等着。房间里的家具，都蒙着床单，似乎很神秘的样子。他们等了很久，伴随着一股烟丝的味道，努斯飘然而至。

"天哪——"戴红边帽子的老妇人说，"您真是吓死人了。"随后她就从努斯的眼神里，觉察到自己的讲话方式过于草率。

最后，努斯问他们来由。老妇人忐忑不安地解释，她儿子也是个小偷，非常有天赋，希望能拜努斯先生为师，百尺竿头更进一步。

努斯想先看看推荐信，当看到信是一位和自己合作密切的珠宝商写的后，他没有推脱，同意把年轻的唐克收入门下——这个有天赋的小伙子姓唐克。那位戴红边帽子的老妇人回到乡下的小屋后，每晚都叮嘱老伴："老唐克，晚上必须把门窗闩牢，咱儿子汤米现在可是个飞贼了！"

对于唐克的学徒生涯我就不细讲了，内行都懂，外行漠不关心。那些无所事事的人，无法欣赏汤米-唐克的进阶之路——他如何夜半临池，如何刀口漫步，如何溜门撬锁，如何飞檐走壁。

一言以蔽之，万事大吉。只是努斯需要时不时挖空心思，给那位戴红边帽子的老妇人写信，热情洋溢地汇报汤米-唐克的学习进展。努斯很早就不上写作课了，因为他对编造者有偏见，认为写作是浪费时间。努斯接到一单活儿，去盗窃卡索雷曼勋爵位于萨里郡的府邸。努斯选择在周六晚上行动，因为周六碰巧是卡索雷曼勋爵家的安息日。

晚上十一点，整栋房子都安静下来。十二点差五分时，等在外面的汤米-唐克遵照努斯先生的指示带着满满一口袋戒指和钻石钉扣离开了。口袋并不重，但价值不菲。巴黎的珠宝商只有派专人去非洲，才能买到可与之媲美的钻石。因此，卡索雷曼勋爵不得不先用骨质的钉扣临时对付。

街头巷尾关于这次失窃的各种流言中，努斯的名字从未被人提及。如果我说正是这次的胜利，让他冲昏了头脑，很多人都不爱听——他的同行们笃信努斯心智敏锐，不会受环境左右。因此，我还是换个说法，这次的得手，激发了努斯的想象力，让他设想了一个前无古人的偷窃计划——也不过就是盗窃地精的家。

努斯用了一杯茶的工夫,把计划透漏给小唐克。要是小唐克没有因他们最近的功绩而忘乎所以,要是他没有被对努斯的崇拜蒙蔽双眼,他本应该……唉,我悔之莫及。小唐克恭敬地规劝了师父,他说这样的行为简直是无事生非,自己还是不去为好。他自说自话了好久,然而最终,在十月一个有风的清晨,空气里弥漫着危险的气息,人们看到,小唐克跟着努斯一起去了可怖的森林。

努斯用小块翡翠对比普通石子的重量,估算出地精自古居住的那栋狭窄而高大的房子里,用于装饰的宝石大概有多重。他们打算盗取两块翡翠,藏在斗篷里带走——如果两块太沉,就马上丢掉一块。努斯反复告诫小唐克不要贪心,在安全离开可怖森林之前,翡翠并不比奶酪更值钱。

万事俱备,他们悄声无息地去了。

阴郁的森林里人迹罕至,就连走失的牛的脚印都没有。一百多年前,甚至偷猎者都不敢在此诱捕小妖。从未有人可以两次踏进地精的山谷。而且,除了这儿发生的可怕之事,这里的树木本身就象征着警告——它们看起来并不像我们自己栽种的树木那样有生机。

最近的村庄也在数英里之外,所有的房屋都背对着树林,甚至没有一扇窗户朝向树林的方向。本地人对它闭口不谈,别处的人更是闻所未闻。

努斯和小唐克走进树林，他们赤手空拳，小唐克本想带把手枪，但努斯说一声枪响就会把一切都招来，于是就此作罢。

一整天他们都在森林里走，越走越深。他们看见乔治王朝早期偷猎者的骸骨，被钉在一棵橡树的门上。有时，他们会看见身边掠过的精灵。一次，小唐克不小心踩爆一根枯树枝，两人原地卧倒，静静地躺了二十分钟。落日的余晖透过枝干，闪烁着不祥之兆。夜幕降临了，他们借着星光，按照努斯的预定计划，抵达了地精隐秘居住的那栋狭窄而高大的房子。

那栋无价的房子死寂无声，小唐克衰颓的勇气又重新闪耀起来，但是根据努斯的经验，似乎有点过于安静了。天空中始终弥漫着一种诡谲的气氛。努斯迟疑了好一会儿，甚至已经想到了最坏的结果。尽管如此，他还是不打算放弃。他派小唐克带着工具，顺着梯子爬上古老的绿色窗扉。小唐克的手刚摸到枯干的木窗棂，那本属于尘世的寂静，尽管是不祥的，却忽然变得十分怪异，就像摸到了食尸鬼。

在一片死寂中，小唐克听到了自己急促的呼吸声，心跳就像遭遇夜袭时疯狂敲打的鼓声，脚上的一根鞋带在梯子的横档上发出啪嗒啪嗒的声响，森林里窸窣的树叶静默了，夜晚的风也凝滞了。小唐克暗暗祈祷能有一只老鼠，或者鼹鼠随便弄出点什么响动，可一切都死寂无声，就连努斯也声息全无。

尽管他尚未被发现，但是彼时，这个有天赋的小伙子却做了决定——就像他早该如此这般——他决定放弃盗窃那些巨大的

Sidney Herbert Sime (1865-1941), The Book of Wonder, The Lean, High House Of The Gnoles, 1912
西德尼·赫伯特·森姆 (1865年—1941年), 奇迹之书, 地精们那狭窄而高大的房子, 1912年

翡翠，不再打地精这栋房子的主意；他要悬崖勒马，离开这片可怕的森林，金盆洗手，回乡买房置地，安度此生。

他轻快地爬下梯子，向努斯招手示意。可是卑鄙的地精们却躲在树干里，透过树干上凿出的孔洞，监视他的一举一动。当它们从背后抱住小唐克时，森林可怕的寂静被他惊慌失措的尖叫声打破了。尖叫声越来越急促，直到后来断断续续，最终弱了下去。地精把小唐克带去了哪里，这真不好问。地精会把小唐克怎么样，我也不会说。

努斯在房子的角落里眼睁睁地看着这一幕，他只是搓着下巴，脸上带着一丝惊讶。树干上钻出的那些孔洞，于他而言还是十分新奇。然后，他敏捷地穿过可怖的森林，溜走了。

"它们抓到努斯了吗？"亲爱的读者，你要如此问我。

"哦，不，孩子（这问题太幼稚了），没有人能抓到努斯。"

11. 天选之子如何进入永无之城

那个在萨里山附近的田野和花园里玩耍的孩子，从不知道自己竟然会前往永无之城，也从未想到自己能亲眼目睹那座伟大城市的地境、外堡和神圣尖塔。

此时我想起他，印象中他还是个孩子，在一个夏日，拎着红色的小水壶，游逛在温暖的南国花园里。就算是微不足道的冒险故事，也能让他心潮澎湃，但后来，他却完成了举世瞩目的壮举。

整个幼年时期，他都从萨里山眺望四方，望见在崇山峻岭和层峦叠嶂之外、世界边缘的悬崖之上、日月交织的恒久光辉之中，孤独地矗立着不可思议的永无之城，预言早已写就：他注定要走过那座城市的街巷。

一位过路的老妇人送给他一根魔法缰绳——虽然看着不起眼，但它能勒住任何一种从未被驯化的动物。譬如独角兽、鹰头马帕伽索斯、龙和双足飞龙，但若是狮子、长颈鹿、骆驼和马这些曾被驯化的动物，这条缰绳就失效了。

我们要多久才能望见一次稀世罕见的永无之城啊！黑夜降临时，我们只能看见星辰，却看不见它；青霄白日下，我们被日光炫目，也看不见它。只有在疾风骤雨初歇的傍晚、在落日余晖的照耀下，那些光芒万丈的峭壁，才会显现出来，但大多数人都会把它当成晚霞——那对我们来说的黄昏，于它们而言却是永恒。

其时，在它们绚丽的峰巅上，那些金色的穹顶，俯瞰着世界的边缘，似乎在奇迹故乡的柔美暮色中，庄严而静谧地舞动。而永无之城，也在九霄云外、缥缈之处，久久地凝望着她的姊妹——人间。

预言说他必将抵达那里。在鹅卵石被创造、珊瑚礁被置入海水之前，这一切早已注定。如此这般，预言实现，载入史册，终被遗忘。在它飘过之时，我把它拖拽出来，讲给你听，但终有一日,我也会永堕其中。

破晓之前,鹰头马帕伽索斯凌空飞舞。早在日光还未到达我们的世界之前,它们就掠过人间的绿野,前往世界的顶端,沐浴晨晖。当黎明的曙光从跌宕的山间升起,漫天星斗隐没于苍穹,直到阳光投射到树梢的最高处,鹰头马才振翼降落,收起翅膀,在大地上奔跑跳跃。一旦遭遇某个繁华、富足但可恶的城镇,它们就会立即腾空而起,飞回它们的纯净如洗之处,不愿沾染一丝尘世的烟尘。

一个午夜,天选之子携带着魔法缰绳,来到鹰头马在黎明时分降落的湖畔。这里草地柔软,远离城镇,可以自由嬉闹玩乐。他就藏匿在它们的蹄印附近,静观默察。

星光稀疏而黯淡,而黎明尚未到来。夜空深处,闪现了两个橘红色的小点,接着是四五个——那是鹰头马在月光下旋舞。紧接着,另一群同类加入了它们,现在已经有十二匹了。它们在高空舞动,鲜艳的皮毛光彩熠熠;它们排成一条优美的曲线,缓缓降落。在天光映衬下,树木显露出来,每一根纤细的树枝都乌黑发亮。群星次第隐没,黎明如乐曲般降临,唱响一首新鲜的歌。

野鸭子从黝黑的玉米地飞到湖里,嘎嘎的叫声从远处传来,湖水泛起清澈的涟漪,鹰头马仍然在光芒中欢跃,纵情于苍穹。

但当鸽子跃上枝头、早起的鸟儿动身、小黑鸭在灌木丛中惶恐张望,突然一大片羽毛纷纷扬扬,如天花乱坠——空中的鹰头马随着第一缕阳光落地了。天选之子纵身跃起,用缰绳套住最后一匹着陆的鹰头马。鹰头马是从未被驯化过的动物，会受制于缰绳的魔力，所以不论它如何挣扎，都无济于事。当那人跨上马背后，鹰头马如受伤的野兽要归巢一般，又飞回云霄。

然而，当它们升到高空时，这个冒险的骑手蓦然发现，那座巨大而瑰丽的永无之城，就在他的左手边。他看见勒尔和勒克的高塔，尼立布和阿卡托洛玛的楼阁；他看见托尔德纳巴的悬崖，在曙光中璀璨夺目，像一尊黄昏之神的白玉雕像。

他勒紧缰绳，让鹰头马向托尔德纳巴和地境翱翔，双翼挥动，声如风雷。关于地境，谁能说得清？它神秘莫测。有人说，那里是暗夜之源，每到傍晚，黑暗就从那里汩涌出来，淹没整个世界。还有一些人则暗示，那里的秘密，会颠覆我们人类既已成形的文明。

地境的监护者，目不转睛地盯着来人。在深远之处栖息的蝙蝠，看出了监护者眼里的错愕，扑棱棱地飞涌出来。堡垒的卫兵看见蝙蝠纷飞，披坚执锐，如大敌当前，严阵以待。

但他们很快就意识到战争并未降临，来人并非入侵者，于是撤下长矛，放他进城。如预言所描述，天选之子来到托尔德纳巴之上的永无之城，见到了倾洒向尖塔的永恒暮光。

所有的穹顶都由黄铜铸成，只有塔尖是黄金的。精致的汉白玉台阶，通向四面八方。荣耀的街道，由玛瑙石铺就。市民们透过小巧方窗上的玫瑰色石英玻璃，从屋里向外张望。对他们来说，他们极目远眺的远方世界，似乎才是幸福的。

Sidney Herbert Sime (1865-1941), The Book of Wonder, The City of Never, 1912
西德尼·赫伯特·森姆 (1865年—1941年), 奇迹之书, 永无之城, 1912年

虽然此城的景致亘古未变,永远笼罩在暮光之下,但它美轮美奂——城市与暮光,水乳交融,浑然天成,难以言喻。

建造城墙的石材,我们前所未见,更无法获悉它采自何处,地精们叫它阿比克石。暮色之中,整条城墙流光溢彩,永恒的暮光与永无之城交相辉映,几乎无法分辨哪里是暮光,哪里是城。它们就是奇迹的双生子,也是奇迹最美丽的女儿。

时间,作为城市毁灭者,也曾到访过永无之城,却不忍心留下丝毫陈迹;仅仅把铜制的穹顶,涂抹上典雅的淡绿色。真不知道是怎样的贿赂,打动了这位铁面无情者。

然而,城中的居民却经常会为一成不变和寂然不动而悲泣,他们只能为他界的灾难哀悼。久远之时,他们还会为银河陨落的星辰建造庙宇,尽管早已遗忘,但依然顶礼膜拜。他们还有别的神庙,却无人记得其中供奉的是哪位神祇。

鹰头马收起翅膀,天选之子骑着它,孤独地穿过永无之城的玛瑙街巷。街道两边的神奇事物让他目不暇接,相较于此,那传说中神秘遥远的华夏大陆,似乎也不足为道了。

然后,当临近城墙的另一端时,他发觉这里杳无人迹,而先前看见的那些玫瑰色窗户,全都背对城外。极目远望,他骤然发现一座比群山还要巍峨的城池。他无法确定,那座城池究竟是在暮色中,还是从另一个世界的海上升起。那座城不论是规模,还是气韵,都死死压制了永无之城。

他企图靠近，可胯下的鹰头马却剧烈反抗，无论如何都不肯直面远方的城市，甚至连可以制约它的魔法缰绳都不管用。

最终，天选之子缓缓落在永无之城荒无人烟的城郊。此刻，他终于明白，为何永无之城的窗户，都面向一方；为何暮色中的居民，只凝望人类的世界，而对那座更为宏伟瑰丽的城池，莫敢仰视。之后，在通往地面的最后一级台阶，他驱策鹰头马如离弦之箭，穿出地境，顺着托尔德纳巴灿烂的地表，离开这座琼楼金阙的永无之城，离开了那流光溢彩的永恒暮光。然而，他却心情沉重。他终于知道，与更远方的城市比起来，永无之城黯然失色。沉睡的风像猎狗般猛然跃起，呼啸着自他身边疾驰而去。

当他们重返人间时，已是凌晨。黑夜和它的披风已经飘远，白色的雾霭若隐若现，太阳闪着微弱的光。光芒跃上窗前，又跳进水里。奶牛走出牛棚，摇晃着来到湿漉漉的草地上。

鹰头马的足蹄刚刚落地，天选之子就跃下马背，摘下魔法缰绳。鹰头马复返自然，奔逸绝尘，飞向它遨游苍穹的族群。

作为唯一去过托尔德纳巴和永无之城的人，他名扬四海，蜚誉列国。然而，和永无之城的居民一样，他对某事讳莫如深——有一座城市比永无之城更为宏伟壮丽，人类歌颂的壮举，与之相比，不值一提。

12. 托马斯·夏普的登基仪式

托马斯·夏普先生的职责，就是说服顾客，让他们相信货物真材实料、质量上乘；至于价格，他也会争取让他们满意。为了这个铁饭碗，每天一大早，他就要从郊区出发，乘火车到数英里远的城里去上班。这就是他的生活。

在某时某刻，他忽然第一次意识到——与读书渐悟不同，而是天启式的顿悟——他的职业，他住的房子，房子的形状、构造和装饰，甚至他的穿着，全都粗劣不堪、毫无美感。

从那刻起，他的梦想、幻想、雄心壮志，以及所有的一切都从他身上剥离了。现实中的夏普穿着长大衣，掏钱买票，再检票上车。而神性和诗性部分的夏普，却根本没有去赶开往城市的早班列车。

起初，他常异想天开，成日幻想着徜徉在阳光下的河流和田野间。那里的阳光，比现实中遥远的南方更灿烂。后来，他想象有蝴蝶飞舞；再往后，他的幻想中出现了穿着华丽的居民，以及居民建造的神殿和供奉的神。

同事们注意到夏普变得沉默寡言，有时甚至心不在焉，但他接待顾客时的态度一如既往。而对顾客来说，他也是一以贯之的可信，并未有什么差错。他如此幻想了整整一年，想象力越来越强大。尽管他仍然在火车上读半文钱的报纸，仍然与人闲聊热点话题，仍然给选举投票，但这只是部分的夏普在参与，他的灵魂早已远离此间。

他如此度过了愉悦的一年，幻想于他而言还十分新奇。它常常在远方——东南的暮霭之界——发现各种美好的事物。他有理性缜密的头脑和实事求是的心，因此他常说："我可以轻易看到形形色色的东西，为什么非要花两便士去电影院呢？"他做的一切，都合乎理性认知，熟识他的人都说他是个"健全、理智、冷静"的人。

在他此生最重要的这一天，他跟往常一样，乘早班火车进城，而灵魂则漫游到幻想的国度。走出车站时，他心绪恍惚又异常清醒——他清晰地认识到，那个穿着丑陋的黑衣服去上班的夏普，并非真正的自我。真的自我，正沿着丛林的边缘，漫游在一座古老城池的附近。那座城池在沙漠里拔地而起，永恒的沙浪恒久冲击着它。以往他常把那个城市叫作拉卡尔。"毕竟，幻想和实体一样真实存在。"他不偏不倚地说——真是个危险的概念。

在他的幻想生活中，他也意识到原则的重要性和价值——就像在现实的工作中一样。在彻底了解周遭环境以前，他不会让自己的想象力跑得太远。他总是特意避开丛林——倒不是担心遭遇老虎——毕竟这些都是想象出来的，而是担心有更诡秘的东西在那里埋伏。

慢慢地，他通过想象力逐步构建出拉卡尔城：一面又一面的城墙、箭楼、黄铜城门……城市渐渐成形。后来有一天，他理直气壮地说，街道上所有衣着华丽的居民——他们的骆驼、他们从印库斯坦运来的货物，乃至城市本身，都是他的意志的产物，因此他当仁不让地担任国王。从那以后，每当他行走在从车站到商店的路上，当街上没有人向他脱帽致敬时，他都能发现——即便他非常务实地意识到，这种事最好还是不告诉别人，他们只需晓得他是夏普就行了。

现在他是拉卡尔城的国王，同时也是东部和北部沙漠的统治者，他想到更远处去巡游。他率领骆驼近卫军团出了拉卡尔城，骆驼脖子上的银色驼铃，洒下一路脆响的铃声。他们来到沙漠深处的其他城市，那里有雪白的城墙和耸立在阳光下的高塔。

他率领三个锦衣军团，骑着骆驼穿过城门——蓝衣军团为右翼，绿衣军团为左翼，紫衣军团在前方开路。每当他穿过一个城市的街道，体察了百姓的生活，观察了阳光映照高塔的方式后，他就会宣布，自己是这里的国王。然后，他在幻想中继续骑马前行，经过一座又一座城池，行过一片又一片土地。虽然夏普先生颇具洞察力，但我认为他百密一疏，就是忽略了国王往往是领土扩张欲望的牺牲品。

起初的几个城池，向他打开金光闪烁的大门。他看见百姓在他的骆驼前卑躬屈膝，数不清的长矛兵在露台上欢呼喝彩，祭司们出来向他表达崇敬——就是从此刻开始，这个尘世中最卑微的小人物，竟然得陇望蜀，变得贪得无厌起来。他放任想象纵横驰骋,放弃了既定的原则,成了一个只想着抢占地盘、拓展疆域的国王。他越走越远,终于进入了前所未知的世界。

他心无旁骛,热衷于征服那些历史上从未提及的国度,攻克那些由古怪诡谲的城墙环绕的城池。那里的百姓都是人类,可让他们惊惧的敌人似乎或多或少都算不上人。他惊异地望着那些鬼斧神工的城门和高塔;人群沿着蛛网小径,蜂拥而来,对他们新君主的到来欢呼雀跃。而这一切,开始影响到他在现实中的工作状态。

他心里非常清楚,如果现实中卑微的夏普无法正常生活,他的幻想就无法统治这片美丽的土地;而要想正常生活、吃饱住好,就意味着需要钱——而想赚钱就必须工作。然而他犯的错误,就像某些赌徒一样,虽然做了精密的部署,却轻视了人性的贪婪。

一天早上,幻想中的他骑着马,来到一座如旭日初升般瑰丽的城市。乳白色的城墙上,嵌着巨大的黄金城门。城门之大,非同寻常。河水从栅栏间倾泻而下,城门开启时,艨艟巨舰可自由通行。百姓们敲锣打鼓,在城墙上载歌载舞,迎接他的到来。正是这天清晨,伦敦的夏普先生,忘记了乘坐进城的火车。

这种事搁在一年前,是绝对不可能的。但这也不足为奇,谁能想到,像夏普这样理智的人,他的幻想竟然会捉弄他的记忆。他完全不再读报,对政治丧失了兴趣,也不再关注周围的事物。后来,没能赶上早班火车的事,竟然一再发生,公司严厉地警告了他。

但他安慰自己的说：阿拉西翁、阿古－齐里斯和奥拉海岸不都是我的吗？公司找他谈话时，幻想中的他，正看着在雪域高原上疲惫不堪的牦牛驮着献给他的贡品，步履维艰，缓慢前来；看着山地人碧绿的眸子——当他从沙漠之门进入尼斯城时，他们曾用奇怪的目光打量过他。他尚未彻底丧失理智，他很清楚这些奇怪的事物并不存在，但让他愈发自豪的并非他统治了他们，而是他创造了他们。

在这种骄傲情绪的感染下，他感觉自己比国王更加伟大，他不敢想象那应该是什么！他去了琐拉城的神殿，独自待了好一会儿，当他离开时，神殿里所有的祭司都朝他跪下。

他越来越不关心凡人的事，也不关心伦敦商人夏普，他开始以一种高贵的轻蔑态度，鄙视那个人。

一天，在图尔斯城的索拉宫殿里，他登上紫水晶王座，终于打定主意。银号角随即在全境发布消息，他将登基称帝，统治整个奇境。

他们在供奉图尔斯神的上千年的古老神殿里，搭建起露天观礼台。树木散发出荣光的气息，那是在任何已知的国度都未能目睹的。漫天星光，为隆盛的登基大典而璀璨闪耀。喷泉直冲云霄，随着哗哗的水声，化作一捧又一捧的钻石。一阵深邃的宁静，静待黄金号角奏鸣。神圣的登基之夜来临，古旧的台阶不知通向何方，国王打扮成图尔斯神的模样，身穿一件缀满祖母绿和紫水

Sidney Herbert Sime (1865-1941), The Book of Wonder, The Coronation Of Mr. Thomas Shap, 1912
西德尼·赫伯特·森姆 (1865 年－1941 年), 奇迹之书, 托马斯·夏普先生的登基仪式, 1912 年

晶的古老长袍，站在台阶的顶端。斯芬克斯伏在他脚下，在过去的几周，它一直在帮他出谋献策。

号角声奏响时，一百二十位大祭司、二十位天使和两位大天使，随着音乐，手捧精美绝伦的王冠，不知从何处缓缓走来。那王冠曾属于苏尔神。他们心知肚明，今晚在国王面前的表现，决定他们日后的升职机会。国王静候他们，肃穆而庄严。

楼下的医生们正在吃晚餐，看守们轻手轻脚地查房。在伦敦汉韦尔区一间舒适的宿舍里，他们看见国王昂首挺胸，神色凛然不可侵犯。他们就走到他身边，对他说：

"睡吧，"他们说，"做个好梦。"于是他躺下，很快入睡——伟大的一天结束了。

13. 丘布与西米什

按照惯例，每个周二的晚上，祭司们都会来到丘布寺，高声念诵："丘布之外，别无他神。"

所有人都欢呼："丘布之外，别无他神。"蜂蜜、玉米和祭肉都被供奉给丘布。他被万民景仰。

从木头的颜色就可以看出，丘布是一尊古老的神像。他由桃花心木雕刻而成，被打磨得锃亮。人们把他安放在闪长岩的石座上，在他面前摆放着烧香的火盆和盛放祭肉的金盘子。人们对丘布焚香膜拜。

丘布在那儿一住就是百十年。这一天，祭司们带着另一尊神像进入丘布寺，把他安放在丘布旁边的另一个台座上，高声唱道："西米什同在。"

信众兴高采烈，齐声高呼："西米什同在。"

西米什很明显是一尊新神像，尽管木头被染成深红色，但你还是一眼就能看出它才被雕出不久。西米什享受了和丘布一模一样的蜂蜜、玉米和祭肉。

丘布开始无休止地生气，那一夜他怒火中烧，第二天则愈发火上加油。这种情况，他需要立即大显神威，可是他的能力又不足以用瘟疫摧毁全城，灭掉所有祭司。因此，他决定量力而为，集中神力召唤一场小地震。"如此一来，"丘布想，"我就能重申自己是唯一的真神，群众也会唾弃西米什。"

丘布一遍又一遍地念诵神咒，地震却迟迟不来。突然，他意识到，那个可恶的西米什也正试图彰显神威。他不再为地震而心慌意乱，而是倾听——或者说，感知西米什的想法。与凡人用眼耳鼻舌身来感知外界不同，神灵用神识来感知大脑意识的波动。他发现西米什也企图制造一场地震。

新来的神也想证明自己，但我怀疑丘布是否明白西米什的动机——也许他压根不关心。让他憎恶的对手眼看就要彰显神威了，这足以让一尊妒火攻心的神愈发七窍生烟。丘布竭尽全力地阻止地震发生，哪怕只是一次微小的震动也不行。就这样持续了好一阵，丘布寺都没有发生地震。

作为神却无法彰显神威的感觉，实在是太尴尬了。就像一个人由衷地想打个酣畅淋漓的喷嚏，却被喷嚏放了鸽子；就像一个人穿着马靴却没有用上，或者试图想起一个被彻底遗忘的名字。所有的痛苦，西米什感同身受。

又到了周二，祭司和信众蜂拥而至，他们祭拜丘布，向他供奉祭肉，说道："啊，丘布创造万物。"祭司们接着唱道："西米什同在。"丘布觉得受了羞辱，三天没说话。

丘布寺里有一些圣鸟，到了第三天夜里，丘布注意到，西米什头顶落了些鸟粪。

于是，丘布用神灵对话的方式，既不开口也不发声，对西米什说："西米什，你头上有鸟粪啊。"整整一夜，他翻来覆去地念叨："西米什头上有鸟粪。"拂晓时分，远处有声音传来，丘布为大地上万物复苏而兴奋，他一直呼喊到日上三竿："鸟粪，鸟粪，鸟粪，在西米什头上。"正午时分，他又说："要是没鸟粪，西米什就该是神了。"这让西米什狼狈不堪。

又一个周二，有人来用玫瑰花露为西米什洗了头，信众仍然敬拜丘布，同时高唱："西米什同在。"然而丘布却称心如意，只是他说："西米什的头被玷污过。"他又重复了一遍，"他的头被玷污过，这就足够了。"可是另一个晚上哟，鸟粪掉在了丘布头上，被西米什发现了。

神跟人不一样，我们人类彼此发怒，但怒气可以化解。可是神明的忿怒却经久不息。丘布对上次的事记忆犹新,西米什也念兹在兹。他们的说话方式与我们不同,看似一言不发,却能听见对方的心声。他们的思维模式也与我们迥异,我们不应以人类的标准来评判他们。一整晚,他们都哓哓不休,颠来倒去就那么两句话:"脏丘布""臭西米什","脏丘布""臭西米什"……没完没了。直到天亮,他们的愤怒还未平息,对彼此的指责仍然不停歇。

渐渐地,丘布意识到,他跟西米什其实没什么两样——所有的神明都是善妒的。但是西米什这样一个比丘布晚到百十年的新神,却在属于丘布的庙宇里与他分庭抗礼、共享祭拜,这让他如芒在背。而丘布又是比较爱嫉妒的神。周二再一次来临,也是西米什第三次接受祭拜的日子,丘布再也不能忍了。他觉得自己必须不惜一切代价来宣泄自己的愤怒,于是他转而集中所有的神力,来制造一场地震。当朝拜者们刚刚从丘布寺离开,丘布就决定彰显神威。他的冥想一再被"脏丘布"这句耳熟能详的奚落打断,但是丘布意志坚定——尽管他很想回一句自己已经说了九百遍的那句"臭西米什",可还是忍着一言不发。过了不久,西米什终于闭嘴了。

他们停止争吵,是因为西米什也重新开始了他从未彻底放弃的那个计划:通过神威来彰显自己,扬名立万,压倒丘布。因为这片区域有火山,所以他选择了对一个小神来说,相对容易施展的神威——制造一场小地震。

此时，两位神都想制造地震，那么地震的发生几率就成倍增加。这比两个神各走各路，最后发生地震的可能性大得多。以更古老和更强大的神明为例，当太阳和月亮往同一个方向发力时，就能引发最大的潮汐。

丘布不晓得潮汐的原理，只顾着彰显自己的神威，丝毫没有注意西米什在干什么。忽然，神威大功告成。

这是一场区域性的地震，未能影响到丘布和西米什以外的神明掌管的地盘。正如他们所料想的一样，地震规模很小，但是却让支撑庙宇一侧的柱廊上的几块巨石松动了，整面墙都坍塌下来。城中居民低矮的屋子轻微摇晃了一下，有些门被卡住，没法打开，仅此而已。有那么一会儿，似乎一切都结束了。可是丘布和西米什都没想到，一切才刚刚开始，他们触动了一条比丘布还要古老的定律——万有引力定律，正是因为它，廊柱才得以屹立百年。丘布寺颤颤巍巍，又摇晃了一次，轰然倒塌，压在了丘布和西米什头上。

没有人来重建庙宇，因为没有人敢接近如此可怕的神。有人说这是丘布的神威，也有人说是西米什的，分歧由此产生。一些顾全大局者对教派对立深感隐忧，积极寻求妥协，于是最终说神威是丘布和西米什一同引发的。但是没人想到，真相竟然是源于对立双方的竞争。

于是一种说法开始流传，凡是碰到丘布或者看见西米什的人都会死去，这算是两派共同的信仰。

有一次，我旅行越过丁山时，就这样得到了丘布。我在丘布寺坍塌的废墟里找到了他，当时，他仰面朝天，手脚都伸出了废墟之外。所以我就让他一直保持这个姿势躺在我的壁炉架上，因为这样他就不容易再发飙了。而西米什已经完全毁坏，我只能把他留在原地。

丘布的两只胖手，无奈地举在空中，空空如也。有时出于怜悯，我会向他恭敬地祷告："丘布啊，你创造了万物，也请帮帮你的仆人吧。"

丘布能做的很有限。不过有一次，在我打桥牌的时候，我确信是他给了我一张绝好的王牌，因为一整晚，我都没有摸到过一张好牌。当然，单凭运气，我也可能摸到那张牌，但我是不会告诉丘布的。

14. 神奇的窗户

那个穿东方长袍的老人被警察赶走了，正是这一点，引起了斯莱登先生对他及他腋下包裹的注意。斯莱登先生在梅尔金和查特百货公司上班，挣钱讨生活罢了。

斯莱登先生被认为是公司最冥顽不灵的年轻人，一抹浪漫——哪怕只是一丁点暗示，就能让他撇下顾客、想入非非——仿佛百货公司的墙是一层薄纱，而伦敦则是神话本身。

仅仅是老人包裹外面那张脏报纸上的阿拉伯文字，就让斯莱登先生浮想联翩。他紧跟在老人身后，直到一小群人散开，那个老人停坐在马路牙子上，打开包裹，打算卖掉里面的东西。那是一扇老旧的木制小窗，小块玻璃嵌在铅质的窗格里，宽不到一英尺、长不足两英尺。斯莱登先生以往从未见过在大街上卖窗户的，所以就上前询问价钱。

"它的价格是你的全部财产。"老人说。

"你从哪儿弄来的？"斯莱登先生问，因为它是扇奇怪的窗户。

"我用全部财产，从巴格达街上买来的。"

"那时你很有钱吗？"斯莱登问。

"我有我想要的一切，"他说，"除了这扇窗户。"

"这一定是扇很棒的窗户。"年轻人说。

"这是扇神奇的窗户。"老人说。

"我身上只有十先令，但我家里有十五先令六便士。"

老人考虑了片刻。

"那么，窗户就卖二十五先令六便士吧。"他说。

直到他把十先令付清，那位奇怪的老人又跟着他回家取了其余的十五先令六便士，顺便要把这扇魔法窗户装进他唯一的房间时，斯莱登先生才意识到自己根本不需要一扇窗户。可一切为时已晚，此时，他们已站在他租来的那个房间的门口。

奇怪的老人在安装窗户时要求保密，因此斯莱登先生一直留在门外一段嘎吱作响的小楼梯顶端——他没有听到任何敲击的声响。

不一会儿,那个奇怪的老人走了出来。他穿着褪色的黄袍子,留着大胡子,眼睛望着远方。"装完了。"他说,随后就跟年轻人道别。此后,至于他是继续格格不入而又不合时宜地留在伦敦,还是会回到巴格达,而他那二十五先令六便士,究竟会落入谁的黑手,斯莱登先生就不得而知了。

斯莱登先生走回他那四壁萧然的房间,从百货公司打烊一直到第二天营业,他通常都待在家里。房间如此脏破,而他的大衣却整洁得让家神都感到意外。斯莱登先脱下大衣,一丝不苟地叠好。老人把窗户安装在墙壁高处,那面墙上原本没有窗户,除了一个碗橱之外再无其他装饰。斯莱登先生放好大衣之后,就迫不及待来看他的新窗户。窗户装在原来碗橱的位置,碗橱里面放了些茶具,此时,那些茶具被移到了桌子上。斯莱登先生从窗口看出去,这是一个夏日的夜晚,蝴蝶收拢了翅膀,蝙蝠还没有在户外飞舞——但这就是伦敦:商店已经关了门,街灯却尚未点亮。

斯莱登先生揉了揉眼睛,又擦了擦窗户,看到窗外依然碧空如洗,窗下遥遥地坐落着一座塔楼林立的中世纪城市。那里寂静无声,烟囱里没有烟雾升腾。城里有棕色的屋顶、鹅卵石铺就的街道和白色的墙壁与桥墩,再往远处,是翠绿的田野和细小的溪流。塔楼上的弓箭手懒洋洋地躺着,城墙上站着长枪手。不时有四轮马车从古色古香的街道驶过,笨重地穿过城门,驶向乡间;

也不时有马车在暮色中，从田野的浓雾中驶来。偶尔有人把头探出窗棂，间或似乎有游吟诗人在唱歌，没有人风尘碌碌，没有人忧心忡忡。

虽然距离很遥远——因为斯莱登似乎比大教堂里任何一个滴水兽还要高，但即便如此，他还是发现了一个可以作为线索的清晰细节：在那些无所事事的弓箭手上方的每一座高塔上，都飘扬着一模一样的白底旗帜——上面绣着金色的小龙。

与此同时，他听见公共汽车的轰鸣和报童的吆喝声，从房间的另一扇窗户传进来。

从此以后，斯莱登先生对百货公司的工作愈发心不在焉，但在一件事上，他却是英明而清醒的。他下功夫四处查询白色旗帜上的金色小龙，却从不对任何人提起那扇神奇的窗户。他开始了解欧洲每一位国王的旗帜，甚至为此涉猎相关历史，他还去了懂得纹章知识的店铺打听，然而却查不到关于小龙和白底旗帜的任何线索。那些金色的小龙似乎只为他一个人飘舞，他开始喜爱它们，就像沙漠中的流亡者爱上家乡的百合花，又像一个可能活不到来年春天的病人爱上燕子一样。

百货公司一关门，斯莱登先生便返回他晦暗的房间，把目光投向神奇的窗户，直到那座城市暮色降临，士兵们提着灯笼绕城巡逻，夜幕像天鹅绒般展开，布满奇异的星辰。一天晚上，他试图通过标注星座的形态，来寻求新的线索，但还是徒劳无功，因为那些星座跟在地球上任何区域看见的星座形态都不一样。

每天一醒来,他就先到那扇神奇的窗户前,那里因距离遥远而显得微小,在晨曦下熠熠生辉。金龙在太阳下飘舞,弓箭手在风塔顶上伸展手脚。窗户没法打开,因此他只能看见游吟诗人在镀金的楼台下歌唱,却听不见歌声。他甚至听不见钟楼的钟声,尽管每隔一个钟头,就能看到寒鸦从它们的巢穴里飞出来绕圈。

他通常做的第一件事,就是扫视一圈城墙上耸立的尖塔,看看那些在旗帜上飞舞的小金龙。当看见它们在湛蓝的天空映衬下、在塔楼上耀武扬威地招展时,他才心满意足地穿上衣服,恋恋不舍地看上最后一眼,志得意满地出门去上班。斯莱登先生穿着整洁的大衣走在百货公司时,那些顾客们自然无法猜到他内心的抱负:他本应是一位战士或神射手,为那身居不可抵达之城且不知名姓的国王的那面白色旗帜上的小金龙而战。

起初,斯莱登先生常常绕着他住的那条穷街陋巷散步,但从中未得到任何线索。不久以后,他注意到他那扇神奇的窗户下面刮的风,与房子另一边刮的风相比,连风向都不一样。

从八月开始,夜晚开始变短了。这是商场的同事偶然对他说的,但斯莱登先生忧虑他们是不是觉察到了自己的秘密。如今他没有太多时间去欣赏那扇神奇的窗户,因为窗外的白昼越来越少,而天总是黑得很早。

八月下旬的一个早上,就在他要去上班之前,斯莱登先生突然看见,在那座被他秘密称为"金龙之城"的中世纪城市里,一队长枪兵沿着鹅卵石路朝城门奔去。接着,他注意到弓箭手除了随身的箭筒外,还携带着成捆的箭束。窗口探出的脑袋,比平常要多得多;一个女人跑出来,叫几个孩子进屋;一位骑士骑马沿街跑过,更多的长枪兵出现在城墙边上;所有的寒鸦都涌出钟楼,上下翻飞;街道上不再有游吟诗人歌唱。斯莱登先生又顺着塔楼扫了一眼,旗帜还在飘扬,所有的金龙都在风中飘动。然后他就出门去上班。

那天傍晚,他搭乘公共汽车回家,匆匆跑上楼。

金龙之城似乎什么也没有发生,除了通向城门的鹅卵石路上人潮涌动。弓箭手像往常一样慵懒地躺在塔楼上,一面绣着金龙的白色旗帜降了下来。他才意识到,刚才他并没有注意到弓箭手们已经死了。人群朝他的方向涌过来,这边是一面陡峭的城墙。手持金龙白旗的人缓缓后退,高举着另一种旗帜的人包围了他们,那面旗帜上有一头大红熊。塔楼上又降下一面白旗,继而是所有的白旗——金龙被击溃了——他的小金龙。

高举熊旗的人走到他窗下,无论他扔下去什么东西,都会以可怕力量砸中他们。火钳、煤球、闹钟……无论什么,他都会为他的小金龙而战。

一团火焰从一幢塔楼上升腾而起,火苗舔舐着一个弓箭手的脚,而他却侧卧着一动不动。此时,侵略者的旗帜在正下方已无法看到。斯莱登先生打碎了那扇神奇窗户的玻璃,用拨火棍把装嵌玻璃的铅质窗格撬弯。玻璃碎裂时,他还看见一面金龙旗帜在飘扬。而当他后退几步,把拨火棍扔下去后,一股神秘的香味飘过来。

什么都没有了,甚至日光都消失了。破裂的神奇窗户后面,依然是原来放置茶具的碗橱——除此之外,别无他物。

虽然斯莱登先生现在年纪大了,阅历也丰富了,甚至还有了自己的生意,但是他再也没能买到那样一扇窗户。从那以后,无论是从书里,还是从别人口中,他再未听过任何有关金龙之城的传说。

跋

　　《奇迹之书》的十四个故事讲完了，这是一部讲述在世界边缘进行小小冒险的编年史。在此，我向我的读者告别，但也许我们还会再见面，因为我还要向你们讲述：地精如何打劫仙女，仙女们如何报复；诸神为何在睡梦中遭受困扰；还有奥尔国王如何侮辱了游吟诗人，认为自己在大批弓箭手和数百长枪手的保护下是安全的，而游吟诗人是如何在夜晚溜进了他的塔楼，躲在月光下的城垛里唱歌，让国王成为永远的笑柄。但为此，我必须得先回一趟世界边缘，回来再向你们讲述。快看！大篷车上路了。

五十一个故事
Fifty-one Tales

何殇 张螺螺 译

原文为 51 个故事,故名《五十一个故事》。本次出版中文版,有两个故事未能收录,仍保留原书名。

1. 约定

名利一路高歌，歌声断断续续。她与卑鄙的掮客同行，从诗人身边经过。

诗人并未停下手里的活，他用歌为她制成小花冠；他要在时间的庭院中，亲手戴上她的额头。

她头上总戴着廉价的花环，是熙攘的小市民们在路上丢给她的，由速朽的材质制成。

每隔一段时间，花环朽坏，诗人便带着歌之花冠来找她；可她总哂笑他，并始终戴着在夜里枯萎的花冠。

这天，诗人终于按捺不住痛苦，开口向名利抱怨："可爱的名利，无论大街小巷，你总是忍不住要和卑劣小人一起玩闹。而我为你操劳不息，视你为梦想，你却总要嘲笑我，对我漠然视之。"

名利转身走开。但在走远之前，她做了件前所未有的事——侧过脸，对他微笑着，几近喃喃低语地说：

"百年之后，我会在济贫院后的墓地与你相会。"

2. 渡神卡戎

渡神卡戎身体前倾,划着船。除了疲倦之外,他别无知觉。

几年或几个世纪对他来说不算什么,但时间汹涌的洪流、来自远古的沉重和手臂的痛楚,是诸神为他制定的规则,是身处永恒里的一小部分。

如果诸神给他送来一阵逆风,他的记忆就会被等分成两份。

他所在的地方晦暗不明,即使有道光照射进来,照在亡者脸上——就算那亡者是埃及艳后——他也察觉不到任何区别。

近期,竟然有这么多的亡者,真让人吃惊。死人成千上万地来,而过去也就是五十个、五十个的。

但思考这些,并非拥有灰色灵魂的渡神的责任,他也没有这种习惯。他继续倾着身体,用力划船。

随后一段时间,一个亡者都没有。诸神派人来这里,太反常了。

而然,只有诸神全知。

之后,有人独自前来。小灰影坐在船板上瑟瑟发抖,船便启航了。唯有一个乘客……诸神全知。

伟大而疲倦的渡神,在沉默战栗的小鬼边上,不停地划桨。

冥河发出一声巨大的叹息,就像她曾在众姐妹中发出的第一声悲叹那样。这叹息不像人间苦痛的回声，最终要消失在尘世的山岭之中；而是像渡神手臂的痛苦那般，久远而沉重。

这时，小船从涓涓流动的忘川水，缓缓驶向死神海岸。沉默战栗的小灰影上了岸，精疲力竭的渡神调转船头，准备重返人间。

小灰影忽然开口了，他是位男性。

"我是最后一个。"他说。

从未有人让渡神开怀大笑，也从未有人让他潸然泪下。

3. 潘神之死

从伦敦来的旅人，在抵达阿卡迪亚后，互相哀伤地传递着潘神的死讯。

不久之后，他们就看见他躺在那，一动不动。

长着角的潘神，身体僵硬，皮毛上挂着露水，丧失了活物的生机。大家都说："潘神真的死了。"

他们惆怅地围观庞大的遗体，久久注视着让人难以忘怀的潘神。

直到夜里，一颗小小的星星在天际升起。

不久，从阿卡迪亚的某个山谷里，伴随着悠扬的歌声，一群阿卡迪亚的少女缓缓走近。

在暮色中，当她们忽然看清楚，躺在地上的，原来是那位古神时,她们停止了嬉闹,互相交头接耳:"他看起来可真傻!"她们嗤笑着说。

在她们的笑声里,潘神一跃而起,踢飞了蹄边的石子。

旅人啊,只要你随时驻足聆听,阿卡迪亚的峭壁和山巅,就会响起追逐的声音。

4. 吉萨的斯芬克斯

有一天,我看见斯芬克斯涂脂抹粉的脸。

她给面庞涂上色彩,是为了向时间眉目传情。

世上除了她的脸,他没有放过任何一张。

黛莉娅比她年轻,却已化为尘土。时间只爱她这张不值一哂的、精心妆点的脸。

我不在乎她是否丑陋,也无视她是否打扮,因此她只能去诱骗时间的秘密。

本应去攻打城市的时间,伏在她脚下,傻子般地打情骂俏。

时间对她的傻笑百看不厌。

而在她周围,全都是被他弃若敝屣的庙宇。

我看见一个老人走过,时间丝毫不去动他。

时间却冲走了底比斯的七座城门!

她企图用永恒的沙绳捆绑他,她曾希望用金字塔镇压他。

他躺在沙地里，愚蠢的头发散落在她的爪子上。

倘若她发现他的秘密，我们就能剜掉他的眼，他就再无法看见我们的精美之物——我担心他会夺走佛罗伦萨那些巧夺天工的大门。

我们企图用歌声和旧俗来束缚他，也只能短期禁锢。他总是侵袭我们，嘲弄我们。

他只有在失明之后，才会向我们献舞，逗我们开心。

伟大而笨拙的时间，跌跌撞撞地舞动；他曾热衷于杀害孩子，而今却连雏菊也无法伤害。

那时，我们的子孙要嘲笑他，那屠杀了巴比伦翼牛、重击过诸神和仙女的时间——当他的时辰和年岁被剥夺之后。

我们将把他锁进胡夫金字塔，关在石棺所在的大厅里。只有在设宴时，才把他带出来。他要为我们催熟谷物，为我们做苦工。

哦，斯芬克斯，如果你愿把时间出卖给我们，我们将会亲吻那浓妆艳抹的脸颊。

然而我又担心，在极度的痛苦中，时间会盲目地抓住世界和月亮，缓慢地摧毁人类的家园。

5. 母鸡

燕子们在农场的山墙上，蹲成一排排。他们惴惴不安地叽叽喳喳，聊了许多闲事，但心里只想着夏日和南方。因为秋日将尽，北风正虎视眈眈。

突然有一天，他们全都消失了。每个人都在谈论燕子与南方。

"我想明年我也要去南方。"一只母鸡说。

一年过去了，燕子们回来了。一年又过去了，他们又蹲在山墙上。农场里所有的家禽，都在讨论母鸡的行程。

有一天清晨，风从北方吹来，燕子们突然腾空飞起，翅膀感受到风的鼓动。一种奇异的古老知识，一种超越人类的信仰，向他们袭来。他们飞得很高，离开我们城市的烟雾和记忆中的小屋檐，终于见到了无边无际的大海，乘着灰色的海流，顺风向南方飞去。

他们向南方飞去，经过熠熠生辉的雾堤，看到古老的岛屿仰望着他们。他们看见漂泊的船只、寻找珍珠的潜水者以及兵荒马乱的大地。直到找寻的山脉，把熟悉的山峰展现在他们眼前。他们看见了夏天，便在山谷中降落，时而休憩，时而歌唱。

"我想差不多就是这阵风了。"母鸡说。她张开翅膀，跑出鸡场，窜到马路上，走了一段，来到一个花园。

晚上，她气喘吁吁地回来。

在鸡场里，她告诉家禽们，她是如何走上大路抵达南方的。与世上的庞大车马同路，她去到了种土豆的地方，见到人类赖以生存的麦茬，还在大路的尽头发现了一座花园。花园里绽放着玫瑰——娇艳美丽的玫瑰！园丁也在花园里，还戴着牙套。

"真是太棒了，"家禽们说，"多么让人神往的美景！"

冬日渐渐消逝，几个月的恶寒过去了。春回大地，燕子又来了。

"我们到了南方，"燕子说，"还去过大海那边的山谷。"

但是家禽们不同意南方有大海这种说法，他们说："你们真该听听我们的母鸡是怎么说的。"

6. 风与雾

"这是我们的路。"北风说。他顺着大海走来，执行冬天的古老使命。

他看见正前方有一团灰雾，寂静地躺在潮汐之上。

"这是我们的路，"北风说，"百无一用的雾啊，我才是自古以来统领冬天与船只的战争的领袖。我用巨大的力量倾覆船只，或用漂浮的冰山撞沉它们。你才刚刚行动，我已横渡大洋。只要船只遇见我，陆地上就有许多地方在哀哭。我把船赶上礁石，饲喂海洋。无论我在哪里出现，其他人都要向咱们的主人——冬季——屈膝行礼！"

对他的自吹自擂，雾没有多说。他只是慢慢地爬起来，离开大海，爬上幽长的山谷，躲进群山之中。夜幕降临，万物归于寂静，雾在岑寂中喃喃自语。

我听见，他无耻地清点着自己可怕的战利品：

"一百一十五艘西班牙大帆船，一艘从提尔开出的大商船，八支渔船队，九十艘风帆战舰，十二艘军舰和它们的舰炮，三百八十七艘小河船，四十二艘运输香料的商船，四艘五列桨战船，十艘三列桨战船，三十艘游艇，二十一艘现代战列舰，九千名海军将领……"

他喃喃地说着，咯咯地笑着。

我猛然起身，从他可怖的污言秽行中逃离。

7. 造木筏的人

所有写作者，都会让我想起，水手在遇险的船上，匆忙打造木筏的情景。

当我们在沉重的岁月里分离，携一切坠入永恒，我们的思想就像迷失的小木筏，在遗忘之海上片刻漂浮。

越过潮汐时，它们无法承载很多东西，只够带我们的名字、一两句常用语和一点别的。

那些把写作当成职业，满足自己一时心血来潮的人，就像在筏子上干活的水手，只是为了温暖双手，以转移对命运多舛的颓丧。在船解体之前，他们的木筏就已报废。

此时，请看遗忘在我们周围闪烁，它的平静比风暴更为险恶。

我们的船，对它几乎未造成任何波动。

时间在它的深处，像一条巨大的鲸鱼在潜游；而且像鲸鱼一样，以最微小的事物为食——流金夜色里的古老残曲和歌谣。未几，就像巡游的鲸鱼一样，把船打翻。

看看吧，巴比伦的残骸漂浮着，那里的某处曾是尼尼微[1]。他们的国王和王后，已经掩埋在古老世纪的荒草之中，这些荒草湮没了推罗[2]，使波斯波利斯[3]陷入黑暗。

至于其余的，我依稀能看见海底沉船的轮廓，上面挂着王冠。

我们的船，从一开始就不适合航行。

这就是荷马为海伦造木筏的结局。

8. 工人

我看见，工人和坍塌的脚手架，一起从旅馆的高顶上跌落。在半空中时，工人手里还握着小刀，试图在脚手架上刻下自己的名字。

他还有时间干这事，肯定以为自己还有三百英尺的自由落体吧。如此徒劳的行为，在我看来，可真够蠢的。因为再过三秒，他就会被摔得面目全非。而那根尚未来得及刻上名字的杆子，也

---

[1] 尼尼微（Nineveh），古代亚述帝国的都城，位于底格里斯河东岸，由古代胡里特人建立。
[2] 推罗（Tyre），文明古城，位于黎巴嫩南部，由古腓尼基人建于公元前2700年。
[3] 波斯波利斯（Persepolis），波斯阿契美尼德王朝的第二个都城，始建于公元前522年；公元前330年，被亚历山大大帝下令烧毁。

会在不久之后,被当成柴火,烧成灰烬。

随后,我就回家去继续工作。一整晚,我都时不时想起工人的蠢行,以至于无法专心干活。

夜深了,我还在埋头苦干。那个工人的鬼魂,穿过墙壁,站在我面前,哈哈大笑。

我能看见,他那半透明的灰影,在我面前笑得前仰后合。但我什么也听不见,直到我先开口,尝试与他对话。

我终于按捺不住,问他在笑什么。鬼魂对我说:"我笑你居然还坐着工作。"

"为什么这么说?"我问,"认真工作有什么可笑的?"

"为什么?你怒放的生命,随时会像风一样消逝。"他说,"而且,用不了几个世纪,人类愚蠢的文明就会被彻底抹去。"

说完,他又笑了,笑得愈发大声。随后,他一边笑一边穿过墙壁消失,回到他来时的永恒。

9. 客人

夜里八点,年轻人走进伦敦的一家华丽的餐馆。

他独自一人,但餐桌上预留了两个位置。那是他在一周前,特意写信给我预定的,信里还附有精心搭配的菜单。

侍者向他询问另一位客人的情况。

"可能要到上咖啡时，他才会来。"年轻人说。

于是，餐厅就开始为他上菜了。

隔壁桌的客人留意到，在享用精美的晚餐时，年轻人会不时地对着那张空椅子讲话，像在演独角戏。

"我想你认识我父亲。"他边喝汤边对它说。

"我今天晚上叫你来，"他接着说，"是想让你帮我一个忙，请你务必答应。"

这人除了一直对空椅子讲话之外，并无其他怪异之处。他像一个正常顾客那样，吃完了美味的晚餐。

勃艮第红酒端上来后，他的自言自语越发滔滔不绝了，但他并没有草率地把葡萄酒灌下肚，而是用心品味。

"我们有几个共同的熟人，"他说，"一年前我在底比斯遇到了塞提国王。从你认识他以来，他几乎没什么变化。我觉得他的额头有点低。奇奥普离开了他为接待你而建的那栋房子，他可是为你准备了许多年。我想你很少受到那样的优待。一周前，我预定了这餐饭。当时以为会有一位女士跟我一起来，可是她不情愿，我就只好请你来了。她也许终究不如特洛伊的海伦那么可爱。海伦很可爱吗？或许在你认识她时还不够可爱。你在埃及艳后那里很幸运，你一定是在她风华绝代的时候认识她的。

"你从来不认识美人鱼，不认识仙女，也不认识久远的女神。这正是你最棒的地方。"

当侍者们过来时，他就闭口不言，但侍者刚走开，他就转向那张空椅子，继续兴高采烈地聊着。

"你知道，前几天我还在伦敦见过你。你坐公交车去路德盖特山，车速太快了。伦敦是个好地方，但我会很乐意离开它，我就是在伦敦遇见我所说的那位女士的。要不是在伦敦，我也许就不会遇见她；要不是在伦敦，除了我之外，大概也不会有那么多逗她开心的东西。有一利即有一弊嘛。"

他停下来点了杯咖啡，凝视着侍者，把一金镑放在侍者手里。

"不要低因咖啡。"他说。

侍者端来咖啡，年轻人把不知名的小药片丢进杯子里。

"我想你不常来这儿吧，"他接着说，"好吧，你可能想走了。我不该打扰你太久，你在伦敦还有很多事要忙。"

喝完咖啡之后，他倒在那张空椅子脚边的地板上。一位正在这里就餐的医生，俯身为他检查后，向焦急的经理宣布：这位年轻人的客人已经到了。

10. 死神与奥德修斯

在奥林匹斯山的神殿里，爱神嘲笑死神，因为他长得丑陋，也因为她忍不住，又因为他无所事事，而她得做事。

死神讨厌别人嘲笑他，他有点焦虑，总想着自己是不是又做错了什么，以及该如何结束这种痛苦的境遇。

但是有一天，死神精神抖擞地出现在神殿里，所有人都注意到了。

"你在忙什么？"爱神问。

死神有些严肃地回答："我要去吓唬奥德修斯。"他拉了一把灰色的旅行斗篷，昂首伸眉，穿过那扇饯风的大门，走了出去。

不久，他来到伊塔卡岛上，那个雅典娜熟悉的大厅。推开大门，大名鼎鼎的奥德修斯就在里面，霜雪般的须发朝着炉火卷曲，借着炉火温暖双手。

刺骨的风从敞开的大门吹进来，猛烈地吹向奥德修斯。

死神走到他身后，骤然大叫一声。

奥德修斯继续温暖着苍白的双手。

死神逼近，向他龇牙咧嘴。过了一会儿，奥德修斯才转过身来说："好了，老仆人，"他说，"自从派你去伊利昂为我工作以来，你的主人待你好吗？"

死神沉默了一会儿，他想到了爱神的嘲笑。

"来吧，"奥德修斯接着说，"把你的肩膀借给我。"他吃力地靠在那枯骨的关节上，他们一起从敞开的大门走了出去。

11. 死神与橘子

在南方的异乡，两个皮肤黝黑的年轻人和一个女人坐在餐馆的餐桌旁。

在女人的盘子里，有一颗小橘子，它在心里窃笑。

两个男人一直盯着女人，他们吃得少，喝得多。

女人对两人抱以平等的微笑。

然后，小橘子窃笑着，缓缓地从盘子里滚到了地上。两个黝黑的年轻人立刻不约而同去捡。他们在桌子下面碰见，争执得不可开交。

女人茫然地坐着，内心深处，在无助与恐惧间挣扎。

橘子还在心里笑着，女人也保持着笑容。

另一张桌子上，死神正和一位老人窃窃私语，争执声吸引了死神，他站起身，缓缓走了过来。

12. 花儿的祈祷

西风吹来了花开的声音。古老的西风可爱又慵懒，不停地引人入梦，渐渐飞向古希腊。

"树林消失，树被砍倒，树干都被运走了。人们不再爱我们，我们在月光下孤零零的。他们驾驶着大马力引擎，随意在美丽的田野上疾驰，把好好的田野辗出支离破碎的小路。

"城市像毒瘤，在草地上蔓延。人们在自己巢穴里也不安宁，还在我们周围制造光亮，玷污黑夜。

"树林已经消失，潘神啊，树林啊树林！潘神啊，你已远走，离去。"

夜里，在中部城市的边缘，我站在两条火车轨之间的站台上。第一条铁轨，每两分钟开过一辆火车；第二条，每五分钟开过两辆。

不远处，是灯火通明的工厂。工厂上方的天空有不祥的征兆，就像人沉溺在热病的噩梦中，却无法逃离。

花儿们长在这座城市前进的步伐上，我听见她们在悲啼。

随即，我就听见潘神的声音，仿佛音乐随风从阿卡迪亚吹来，他责备道："耐心点，这些东西都长久不了。"

13. 时间与商人

很久以前，当他还在游历世界时，头发就灰白了——不是因为年迈，而是被蒙上了城市废墟的尘埃。

他来到一间家具店，在卖古董家具的区域闲逛。那里，有个人正在把木头椅子染黑，用铁链子反复抽打，还在上面画虫子的蛀痕。

当看见人类在尝试做他的工作时，时间特意站在那人身边，严肃地审视了许久。

终于，时间开口了："我可不是这么干活的。"说完，他把那人的头发变白，背也折弯，还在他狡黠的小脸上刻下几道皱纹。

然后，时间转身大步离开。

因为有一座曾经繁荣的城市，已经变得衰弱病态，还不断地给周围制造麻烦，亟需时间赶过去看看。

14. 小城

我注定是在 11 月 8 日，从戈拉赫伍德去德罗赫达的途中，突然看到这座城市的。

那是一座位于山谷里的小城，似乎笼罩着一层烟雾。阳光纵身跃入，将它染成金色，使它看起来就像一幅古老的意大利画——前景有天使行走，背景一片金光。极目远眺，虽然目光无法穿透金色的烟雾，但从地面的起伏依稀可以看出，那边有游船和水路。

四周的山坡上，有零星的小块农田，积雪残留在地里。持续的降雪征兆，让荒原上的鸟儿远飞，寻求避难之所。

远处的几个小山丘闪闪发亮，像一座金色的堡垒——因年代久远而衰败，从天堂堕入人间。更多的群山，漆黑疏远，漫不经心地望着大海的方向。

当看到灰白的群山，像岗哨般值守在阿拉伯和亚洲的诸多城市旁，而城市像番红花一样开放，又像番红花一样凋零时；我在想，山谷和农田里的烟雾，还能婆娑多久。

15.非牧之域

群山这样说："来向我们瞩目，对，我们。我们古老，苍然，却经得起时间的磨损。时间将在我们的磐石上，折断他的权杖，绊倒在地摔一跤；我们却依旧庄严端坐，一如既往。我们聆听大海的声音，照看着她儿女的骨头，为她所做的事悲戚——她是我们远古的老姐妹。

"遥远的，遥远的，我们站在万物之上，善待这些小城——直到它们老去，离开我们，成为传说。

"我们是万世不朽之山。"

云层从远处轻柔地聚集，看上去层峦叠嶂、陡崖峭壁——就像高加索山脉叠垒在喜马拉雅山上一样，乘着阳光越过风暴，悠闲地在金色山峰上俯视一切。

"你们是速朽的。"群山说。

正如我梦见或幻想的那样,云朵回答:

"的确如此,我们是必逝的,但飞马珀伽索斯曾在我们这片非牧之域上昂首阔步。飞马肆意驰骋,欣赏云雀每天清晨从遥远的田野带给他的歌声。太阳升起时,他的蹄声响彻云坡,仿佛整片云域都镀上了银光。他昂首天外,展开双翼,张开鼻孔呼吸着晨风。他从高处凝望,不断打着响鼻;他看见了遥远的未来——战争在众神过膝的托加袍上的褶皱和纹理中爆发。"

16. 蠕虫与天使

虫子从死者的坟墓里爬出来,遇见了天使。

他们一同观看君王、列国、少年、少女和人类的城邑。他们看见老人们沉重地坐在椅子上,听见孩子们在田野里歌唱。他们看见远方的战争、战士和坚固的城堡,智慧与邪恶,君王的滔天权势,以及阳光普照下的万民。

然后,虫子就对天使说:"看,都是我的食物。"

"'他默默地行进在涛声震响的滩沿'[1]……"天使喃喃地说,因为他们正在海边行走,"你能把它也毁了吗?"

---

[1] 原文为希腊文,出自荷马史诗《伊利亚特》第一卷。

虫子气得脸色灰白，极度不快，因为三千年来，他一直想毁掉这句诗，但它的旋律，已深深地在他的脑海中扎根，不住回响。

17. 没有歌曲的国家

诗人来到一个没有歌曲的伟大国度。他婉转地为这个国家哀叹，因为这里没有适合在夜里哼唱的快活小曲。

最后，他说："我要为他们创作一些欢乐的小歌，让他们在小巷里轻哼，在炉火边欢唱。"

有几天，他为他们创作了一些漫无目的的歌曲，就像在一些古老而幸福的国度里，少女们在山上即兴哼唱的那样。

诗人在这国度里四处毛遂自荐，他对那些结束一整天工作后疲惫不堪的人说："我用一些民间小故事，给你们编了些可以自娱自乐的小调，像我童年时山谷里吹来的风，长夜漫漫、百无聊赖之时，你们可以随心所欲地哼唱。"

他们对诗人说："如果你认为我们现在还有时间讲这种不知所云的话，那你可太不了解现代商业的发展了。"

于是诗人哭了，他说："唉！这些该死的。"

18. 新奇之物

在时间之河的河畔，我看见一个不洁的觅食者。他蜷缩在硕果累累的苹果园旁，巨大的谷仓矗立在不远处，那里是古人储藏谷物的地方。太阳在平原尽头的山丘后，宁静地散发着金色的光芒。但他背对一切，蹲下身子注视着河水。无论河水碰巧把什么东西冲下来，不洁的觅食者都会大步蹚进河里，贪婪地伸出双手。

那时候，在时间之河的河畔有一些污秽的城市——现在依然如此，一些难以名状的可怕的东西从那里漂浮而过。

每当这些臭味顺着河飘过来时，不洁的觅食者就会一头扎进脏水里，远远地站在河中，期待着那些东西。他张开嘴时，能看到他的嘴里全是那些东西。

的确，从上游漂下来的，有时会是杜鹃花瓣，有时会是玫瑰。但这些对不洁的觅食者毫无用处，他一看见花，就生气咆哮。

诗人在河边散步，他抬起头，望着远方。我想他看到了大海，看到了河流穿过命运之丘。

我看见不洁的觅食者站在齐腰深的臭水河里，狼吞虎咽。

"看！"我对诗人说。

"水流会把他冲走。"诗人说。

"但是，是城市先毒害了时间之河。"我对他说。

他回答说："每逢岁月在命运之丘上消融时，江河就会泛滥成灾。"

19. 巨大的罂粟

我梦见，我又回到了熟悉的山丘。在那里，在晴朗的日子，你可以看到伊利昂的城墙和朗塞瓦尔峡谷平原。

过去，小山顶上有树林，月光倾洒在林间空地上。无人注意时，精灵们就会在那里跳舞。

但是当我再回去时，那里没有树林，没有精灵，也没有从远处可见的伊利昂，更没有朗塞瓦尔峡谷平原。只有一株巨大的罂粟在风中摇曳，一边摇曳一边哼唱着："忘了吧……"

一位诗人坐在橡树的枝干上，打扮成牧羊人的模样，用风笛轻柔地吹奏着一首古老的曲子。我问他是否有精灵，或者其他古老的东西路过这里。

他说："罂粟生长迅速，正在杀死神和精灵。它的烟雾使世界窒息，花根吸干了它美丽的力量。"我问他为什么坐在我熟悉的山上，吹奏一首古老的曲子。

他回答说："因为这曲子能抑制罂粟，否则它会长得更快。

倘若我和我的兄弟们停止吹奏笛子,人们就会在世上漂泊,迷失方向,最终落得可怕的下场。我们认为,是我们拯救了阿伽门农。"

随后,他又吹起那支古老的曲子。风吹过罂粟睡意朦胧的花瓣,低声呢喃:"忘了吧,都忘了吧……"

20. 玫瑰

我知道有一条小路边上,野玫瑰花团锦簇,但开得很奇葩。花朵都有一种妖异之美,有着让清教徒式的花震惊的艳粉色污斑。

两百多代(玫瑰的代)以前,这里还是一条乡村街道,当玫瑰远离简朴的生活、从荒野攀爬到人类寓所的周围后,花朵也沉沦了。

所有关于那个小村庄的记忆,关于矗立的茅屋和屋内男男女女的记忆,只剩下玫瑰花瓣的脸上越发美丽的红晕。

我希望,当伦敦再次获得新生时,消失的田野能够回归——就像历经了流放的人,在战争结束后归来,他们可能会发现一些美好的事物来提醒他们这一切。

因为我们还曾对那座腐旧的老城有过些许的爱。

21. 戴金耳环的男人

接下来要说的事，可能是我的梦。

我记得很清楚，有一天，我离开城市的车水马龙，来到港口。我看见泥泞的码头长满青苔，倾斜着沉入水中；看见宽广的灰色大河在流逝，被河水卷走的物件随着水流起伏。我想到了诸多国度，想到了无情的时间。然后又看到从海上驶来的华贵船只，我惊叹不已。

如果我没记错的话，就是在那时，我看见一个戴着金色耳环的男人，面向船只，靠墙而立。他的皮肤是南方男人的深褐色，深黑的胡子被盐漂白了些许，穿着海员身上常见的深蓝色夹克和长靴。他的目光越过眼前的船只，似乎在观察着远处的什么。

我和他说话时，他神思恍惚，回答得如梦似幻，眼神依旧凝望远方，仿佛他的思绪也和远处孤独的海浪一同起伏。

我问他跟什么船来的，因为那里有很多船。帆船都收起了帆，桅杆笔直，静静地排列着，像一片冬日的森林。蒸汽船和大型客轮正向暮色里喷着蒸腾的烟。

他告诉我，他不是跟这些船来的。我问他跑哪条航线，因为他显然是个水手。我提了几条有名的航线，但他都没听过。

接着我问他在哪里工作，干什么活儿。他说："我在魔藻之海工作，我是最后一个还活着的海盗。"

我已记不清和他握了多少次手，我说："我们都以为你死了，以为你死了。"他悲戚地说："没有，不，我在西班牙海上恶贯满盈，罪不容诛，我不能允许自己死。"

22. 卡纳－伏特拉国王的梦

卡纳－伏特拉国王坐在王座上发号施令："昨晚，我无比清晰地看见了瓦瓦－尼里亚王后。虽然她身体的一部分，被连绵翻滚的巨大云团遮挡，但脸没有被遮住，而且被月光充盈，闪闪发光。

"我对她说：

"'跟我一起去美丽的伊斯特拉罕花园散步，花园的水池里，漂浮着的百合，能给人如梦似幻的欢愉；或者，拉开悬挂兰花的帷幕，同我走过水塘边的幽径、穿过繁茂的丛林，那是伊斯特拉罕群山间唯一的路。群山隐匿路径，在清晨和傍晚，当水池泛起奇异之光时，它们高兴地看着它。有时在群山的欢乐中，致命的积雪消融，杀死那些孤独的登山者。群山间的山谷，比月亮的皱纹还要沧桑。

"'跟我来吧,与我一起常驻在那里,或者去商队歌谣里吟唱的浪漫国度;否则,我们会百无聊赖地走在这片美丽的土地上,就连在这片土地上飞舞的蝴蝶,在神圣池塘里瞧见自己的倒影,也会为它们的美丽而惊诧。每一个夜晚,我们都会聆听数不胜数的夜莺,齐声歌唱星辰,直至死亡。

"'倘若你愿意,我将派遣使者远行,让世人都知晓你的美貌;他们前往森达拉,那里的牧羊人就会知晓;传闻将从桑达拉向圣河琐斯两岸播撒,一直播撒到平原,那些结草的人也将听闻并歌吟笑呼;而使者要沿着山丘往北,直至索玛。在那座金色的城里,他们将向居住在巍峨的白石宫殿里的国王们,诉说你那瑰丽的蓦然一笑。在遥远的集市上,来自索玛的商人会屡屡讲起你的故事,他们端坐着娓娓道来,招引人们买东西。

"'从那里经过的使者还要前往英格拉,到他们起舞的英格拉。他们会在那里传颂你,让你的名字在那欢乐之城里恒久传唱。他们将在那里租借骆驼,越过沙地,途经荒漠之路,抵达遥远的尼瑞德,向山区修道院里寂寞的人们讲述你。

"'现在春天到了,跟我来吧。'

"我说完这些话时,她轻轻地摇了摇头。这时我才想起,我的青春不在,韶华已逝,而她已经死了四十年了。"

23. 风暴

他们看见一艘小船，在遥远的海上航行，船名叫"小埃斯佩兰斯号"。因为它装备粗陋，气氛清冷，看起来是从异乡来的。

他们说："这艘船落在了大海手心里，没必要去接应或对它抱有希望，也不值得去援救。"

潮汐应约而至，那艘远道而来的小船就在大海手里。脆弱的桅杆上挂着奇异的船帆和外邦旗帜，似乎随时会折断。大海以大海之名，发出威武的咆哮，掀起一波骇浪——比飓风与潮水亲自孕育的波涛还要剧烈——遮蔽了小船和外海。

站在岸上的人说："那不过是艘毫无价值的外邦小船，现在沉没了，被惊涛骇浪摧毁，一切都是最好的安排。"

说完，他们转过身，面朝满载着香料和银子的商船驶来的方向。年复一年，只要商船进港，他们就欢呼雀跃，为他们熟悉的船帆和货物献上赞美。多年以来，一如既往。

船后的甲板和舷墙上盖着金色的篷布；结识吟游诗人的老鹦鹉，边唱着恢弘的歌，边梳理金色的羽毛；船上装满了绿宝石和红宝石，还有丝绸和印第安人的战利品。

随后，一艘大帆船收起奇异的旧帆，缓缓驶入港口，挡住了商船的所有光明。看哪！它简直就像高耸的悬崖！

"远航而来的奇妙之船，你们是谁？"岸上的人问。

"小埃斯佩兰斯号。"他们说。

"啊！"岸上的人说，"我们还以为你们在海上沉没了。"

"在海上沉没？"水手们唱着，"我们不可能沉没的——我们的船上有诸神。"

24. 错乱的身份

傍晚，名誉在城市里散步。她看见丑闻浓妆艳抹，在煤气灯下卖弄，许多人在泥泞的路上向恶名卑躬屈膝。

"你是谁？"名誉问丑闻。

"我是名誉。"丑闻说。

于是名誉悄悄溜走了，没人知道她已经离开。

从那以后，丑闻臭名昭著，崇拜者为她唯马首是瞻。

丑闻带着他们中的大多数，一同堕入她故乡的坑阱。

25.孤独的永生者

我听人说,在离这里很远的地方,在华夏沙漠的另一边,有一个奉献给冬天的国度,那里的岁月都已消逝。

岁月被禁锢在冬之国的山谷里,像传说中那样,隐藏起来,不让世人看见。但岁月避不开月亮,也避不开月光下的做梦者。

我说:"我要经梦之路前往那座山谷,追悼那逝去的丰年。"

我说:"我要拿一个花环,一个哀悼的花环,放在它们脚边,以示我对它们覆亡的悲恸。"

我在花丛中寻找适合制作花环的鲜花——百合花太大,月桂过于庄严——我未能找到任何脆弱或纤美的东西,来献给逝去的岁月。最后,我用雏菊做了个纤细的花环,就像昔日在祭拜时曾编织的那种。

"这花环,"我说,"难得比那些被遗忘的岁月更脆弱,也更易碎。"随后,我拿着花环出发,沿着神秘的小径,来到那片浪漫的土地。传说中的山谷,就在那多山的月亮边上。我在草丛中寻找可怜的渺茫岁月,我的悲伤和花环都是为它们准备的。

当我在草丛中一无所获时,我慨叹:"时间已经把它们击碎、冲走了，连一点痕迹也没有留下。"

但是，我在月光中仰望，突然看见巨大的神像端坐在近处。它巍峨的身体遮蔽了群星，让夜空漆黑。在神像脚下，我看见历朝历代、列城列国的君王和他们的神一起祷告跪拜。焚香和焚烧祭品的烟火，都无法上升至巨人的头部。

它们正襟危坐，仰之弥高，岿然不动，永存不朽。

我问："他们是谁？"

有人回答："孤独的永生者。"

我伤心地说："我来此并非为了拜见让人敬畏的神灵，而是哀悼那些逝去的、永不复返的岁月，并敬献鲜花。"

他告诉我说："这些就是逝去的岁月啊！所有岁月都是永生者的孩子——他们创造了岁月的欢乐和笑颜，尘世君王皆由他们加冕，漫天诸神皆为他们所创，万事如沧浪之水为他们濯足，诸界如飞石自他们手中抛洒。时间和身后的全部岁月，伏身在他们脚下，卑躬屈膝，以示臣服。"

听了这话，我就带着花环离开了，欣慰地回到我的故土。

26. 一个道德小故事

从前有一个虔诚的清教徒，他认为跳舞是错的。为了他的原则，他努力工作，生活充满热忱。所有讨厌跳舞的人都爱戴他，那些热爱舞蹈的人也尊敬他。他们都说："他是个心地纯良的人，按照他心中的光明行事。"

他竭力地阻挠跳舞，并帮助关停了几个周日娱乐场所。

他说，有些诗他喜欢，但不喜欢那种腐蚀年轻人的思想、让年轻人沉溺于幻想的诗歌。

他总穿着黑色的衣服。

他对道德很感兴趣，也很诚恳。他诚实的面容和飘逸的纯白胡须，让他越发受到尊敬。

一天晚上，魔鬼出现在他的梦中对他说："做得好。"

"走开！"这个认真人说。

"不，不，朋友。"魔鬼说。

"不许叫我朋友！"他勇敢地回答。

"来，朋友，"魔鬼说，"难道你我不是干的一样的活儿吗？难道你没有拆散那些跳舞的情侣吗？难道你没有制止他们那该死的打情骂俏吗？难道你没有穿上我的黑色衣服吗？啊，朋友，朋友，你不知道坐在地狱里听人们唱歌、在戏院里唱歌、在田野里唱歌、在月亮下跳舞后窃窃私语，是多么可憎的事。"他害怕地咒骂起来。

"是你，"清教徒说，"让他们产生跳舞的邪念。黑色是上帝的衣服，不是你的。"

魔鬼轻蔑地笑着。

他说："他只是制造了愚蠢的色彩；只是在朝南的山坡上制造了无用的晨晖——朝阳初升，蝴蝶在山坡上飞舞，愚蠢的少女翩翩起舞；还有温暖而狂热的西风；最糟糕的就是创造了后患无穷的爱情。"

当魔鬼说上帝创造了爱时，那个认真的男人从床上坐起来，大声喊道："亵渎上帝！亵渎上帝！"

"这是真的，"魔鬼说，"不是我让村里的傻子们，在明月高悬之时，双双钻进树林里窃窃私语的，我连看他们跳舞都受不了。"

那人说："看来是我混淆是非了，一旦我醒来，就跟你拼命。"

"不，你理解错了。"魔鬼说，"你不会再从这种睡眠中醒来了。"

在遥远的某处，地狱的黑铁之门开启，他俩挽着臂被扯了进去。门在身后关上，他们依然挽着臂，朝着地狱深处走去。

这是对清教徒的惩罚，因为他已知道，他在地上所关心的人，有着和他一样的恶行。

27. 歌的回归

"天鹅再次开口唱歌了！"众神对彼此说。

我低头看去——因为梦把我带到了遥远美丽的瓦尔哈拉，我看见，下方有一个比星星还大的彩虹泡泡，闪耀着美丽而微弱的光芒。随着泡泡越升越高，越来越近，从泡泡中飞出数不清的白天鹅。它们引吭高歌，高歌，仿佛连众神都要变成在音乐中肆意游弋的野船。

"这是什么？"我问一个谦卑的低级神祇。

"不过是有个世界刚刚结束罢了，"他对我说，"天鹅又能回到众神那里，把歌当成礼物献给他们。"

"整个世界都死了！"我说。

"死了！"那位谦卑的神说，"世界无永恒，唯有歌声不朽。"

"看！看！"他说，"很快就会有新的世界。"

我看见，云雀从众神身边降临人间。

28. 镇上的春天

冬天惆怅地坐在街角,与风嬉闹。

路人的手指在寒风中仍然被刺痛,口中呼出的气仍然清晰可见,下巴仍然缩在外套里。当他们转过街角时,又迎面撞上另一股寒风。傍晚从窗内透出的光,让人忆起炉火中带来的浪漫和舒适。

这些东西都还在,可冬天的王座却摇摇欲坠。每一缕微风都带来了在湖泊或北方的山坡上,失去更多领地的消息。冬天已丧失仿若国王御驾亲征的样子——城市披上闪闪发光的白衣迎接征服者,冬天率领闪闪发光的冰柱和高傲的随从,御风而来。

此时,他坐在街角,微风相随,就像盲人老乞丐带着饥饿的狗。冬天的耳朵,也像盲人老乞丐般机警灵敏,死亡即将来临时,盲人总能及早听见死神由远及近的脚步声。

于是,冬天的耳朵突然听见从邻近的花园里传来的春之声,她正在雏菊上散步。春天转瞬即至,看见萎靡的冬天蜷缩成一团。

"滚开。"春天说。

冬天对她说:"你在这里无事可为。"尽管如此,他还是用破旧的灰斗篷把自己裹起来,起身召唤那小小的寒风,沿着一条通向北方的小街大步离开。

他带着几张纸和一团团灰尘,一直走到城门口。他转身对春天喊道:"你在这座城市无事可为!"然后,他穿过平原和大海,朝家乡进发。一路上,他听见他那古老的风在呼啸。他身后的冰裂开,像舰队一样沉没;成群的海鸟在他左右飞舞;在他正前方不远处,大雁胜利的叫声像号角一样响起。

他越往北走,他的身形就越高大,气质也越发高贵。他大步跨越男爵的领地,跨过乡郡,来到白莽莽的冰封冻土上——在那里,狼群出来迎接他。他重新披上古老的灰云,大步跨过他那无敌之家的大门,那是两座古老的冰障,在从未见过太阳的冰柱上摇晃。

于是这座城市,就全留给了春天。她环顾四周,想知道自己能做些什么。不一会儿,她看见一只颓丧的狗在路上闲逛,她就给它唱歌,它也跟着蹦蹦跳跳。第二天,我看见她趾高气扬地走过。

凡是有树的地方,她都会走过去,对树低声细语。他们唱着只有树才能听到的树之歌,绿色的嫩芽就像暮色中的星星那样,静悄悄地、一个接一个地冒出来。

她去花园,把它从大地母亲的梦中唤醒。在一片片光秃秃的荒野上,她像火焰一样召唤着金黄色的番红花,或者召唤它那像国王的鬼魂一样的紫色兄弟。

她让乱糟糟的屋后野草丛生，让难看的院子欢快起来。她对着空气说："要快乐啊。"

孩子们开始知道雏菊在人迹罕至的角落里摇曳。年轻人的上衣外套的扣子不用再紧紧扣上。

春天大功告成了。

29.敌人如何来到斯伦拉纳

从远古时代起，就有预言说过，会有敌人来到斯伦拉纳。就连被入侵的城门，和它终结的末日都已被预知。然而，无人预言敌人是谁，只知道他虽与人同在，却是众神中的一位。

在此期间，斯伦拉纳——诡秘的巫术寺和巫术大教堂，是它所在的山谷和周围地界的可怖之物。教堂的窗子又高又窄，夜里透出妖异的光，就像魔鬼在凝视众人藏匿的秘密。无人知道，这个鬼鬼祟祟的地方，谁是法师、代理法师或大法师，因为他们都蒙着面纱、戴着兜帽，一袭黑色斗篷裹身。

尽管斯伦拉纳的厄运已经迫近，预言中的敌人，也一定会在当晚从那南向敞开的末日之门入侵；但是斯伦拉纳这座坚固的岩石建筑，依然神秘莫测，依然庄严、惶恐、黑暗、可怖地戴着她的末日王冠。

很少有人敢在夜间的斯伦拉纳徘徊，当法师们在内室祈祷发出莫名的哀叹时，蝙蝠都被吓得东奔西窜。但在最后一晚，那个人从五棵松树旁的黑茅草屋里走出来，他要在神圣的敌人来临前，再看斯伦拉纳最后一眼。因为攻击过后，斯伦拉纳将不复存在。

他像个勇敢的人，沿着黑暗的山谷走去。他被恐惧笼罩，唯有勇气支撑着他——却也快要撑不住了。他从南门进城，此门名为末日之门。他走进一个黑暗的大厅，爬上一段大理石台阶，看到了最后的斯伦拉纳。

一幅黑天鹅绒帷幕高高挂起，他走进一间挂满垂帘的密室，里面有一种不可思议也难以言喻的黑暗。透过空荡荡的拱门，可以看到外面一间昏暗的屋子里，法师们举着蜡烛，正在施展巫术，低声念着咒语，所有的老鼠都呜咽着从楼梯上爬下来。

来自黑茅屋里的那个人，穿过第二个房间，法师们没有看他，也没有停止呢喃细语。他从那里出来，仍然穿过厚重的黑天鹅绒垂帘，走进一个黑色大理石的房间，里面寂静无声。在这第三个房间里，只有一根蜡烛在燃烧，没有窗户。光滑的地板上，光滑的墙壁下，有一间用帷幔隔开的内室，帘子拉得密不透风——这就是不祥之地的至圣所，它最深处的奥秘。

两侧都蹲着黑影，有男人，也有女人，有披斗篷的石头，也有被驯化的安静猛兽。

当寂静咄咄逼人、令他窒息,这个从五棵松树旁的黑茅屋里来的人,走到内室的帷幔前,冒失而仓促地扯开帘子,看到了里面的奥秘,他由衷地笑了。

预言应验了,斯伦拉纳再也不是山谷中的可怖之物。法师们逃离了可怕的大厅,逃到开阔的田野中,号啕大哭,捶胸顿足。

只因笑就是斯伦拉纳的敌人,她注定要从南边的城门(被称为末日之门)入侵。

笑是众神中的一位,但与人类同在。

30. 失败的游戏

有一次,在一家酒馆里,一个人和长着骷髅头的死神会面。

人兴高采烈地走进来。死神没有招呼他,只是坐在那儿,下巴低垂,愁眉苦脸,喝着一杯晦气的酒。

"得了,得了,"人说,"我们是长期的对手,即使我输了,我也不会生气的。"

但是死神仍然拉着脸,看着那杯酒,什么也没说。

这时,人关切地靠近他,愉悦地说:"得了,得了,"人又说,"你输了也不能生气哦。"

死神仍然阴沉着脸,怒气冲冲,啜饮着劣质的酒,不肯抬头看人,也不愿与人友好相处。

无论是野兽的阴郁,还是上帝的阴郁,都让人讨厌。看到对手心情如此,人很不高兴,尤其他本身就是罪魁祸首,那就更为不快。

"你不是杀死过龙吗?"他说,"你不是把月亮都打败了吗?这是怎么啦!你一定会打败我的。"

死神发出一声嘶吼,他哭了,但他还是一言不发。

过了一会儿,人站起来,疑惑不解地走了。因为人不知道死神是否是出于怜悯对手而哭泣;抑或是因为死神知道,当旧的游戏结束、人类不复存在时,就再也没人陪他玩这种游戏了;又或者,由于某种不可告人的原因,死神再也无法在人间重复他战胜月亮的胜利了。

31. 掀翻皮卡迪利大街

有一天,我沿着皮卡迪利大街走到格罗夫纳街附近,如果我没记错的话,我看见了一些没穿外套的工人——或者说,他们看上去没穿。他们手里拿着鹤嘴锄,穿着灯芯绒裤子,膝盖下面系着一条小小的皮带。那条皮带有一个奇异的名字——"约克到伦敦"。

他们似乎在以一种特别的热情工作，所以我停下来，问其中一个人，他们在做什么。

"我们正在掀翻皮卡迪利大街。"他对我说。

"选了这个时候？"我问，"通常在六月份吗？"

"我们可不像表面看起来那么简单。"他说。

"哦，我明白了，"我说，"你是在开玩笑。"

"嗯，不完全是。"他回答我。

"为了打赌？"我问。

"不完全是。"他说。

随后我看了看他们凿下来的一小块，虽然我的头顶是大白天，但下面却是一片黑暗，到处是南方的星星。

"这个地方脏乱差，我们都厌烦了。"那个穿着灯芯绒裤子的人说，"我们可不止表面看起来那么简单。"

他们把整个皮卡迪利大街掀了个底朝天。

32. 火灾之后

这事发生在很久以前。世界与一颗未知的黑色恒星相撞，那时，来自另一个世界的某些巨大生物，来到焦黑的灰烬堆中窥视，想知道那里是否还有什么值得记住的东西。

他们谈论着世界上已知的伟大事物，提到了猛犸象。不一会儿，他们就看见了人类的神殿——死寂无声，没有窗户，像骷髅头一样空洞无物。

"在这样巨大的地方，曾存在过伟大的东西。"一个说。

"是猛犸象！"一个说。

"是比猛犸更伟大的东西。"另一个说。

然后，他们发现世界上最伟大的东西，是人类的梦想。

33. 城

在时间和空间上，我的幻想都远离了这里。有一次，它把我带到了一处低矮的红色悬崖的边缘。悬崖耸立在沙漠之上，在沙漠的不远处，有一座城。傍晚时分，我坐下来看着那座城。

不一会儿，我看见三三两两的人，蹑手蹑脚地从城门里溜出来，大约有二十个。夜色中，我听见人们叽叽喳喳的讲话声。

"幸好他们走了。"有人说，"他们走得好。我们现在终于可以做买卖了。他们走了实在是太好了。"

从城里出来的人，在沙地上飞驰而去，如此这般进入了暮色。

"这些人是谁？"我问我那明晃晃的领导者。

"诗人。"幻想回答，"诗人和艺术家。"

"他们为什么要溜走?"我问幻想,"为什么人们因他们的离去而开心呢?"

他说:"一定是有什么厄运要降临到这座城,有莫名之物警告了他们,他们才偷偷溜走。至于那些普通人,什么也叫不醒。"

我听见商业繁荣后,人们兴高采烈的吵闹声从城中升起。然后我也离开了,因为天空中出现了不祥的征兆。

仅仅一千年后,我故地重游,途经那条路,那里就连荒草间也是一片虚无。

那里曾有过一座城。

34. 死神的食物

死神病了。

但是他们为他带来的,是现代面包师制作的、用明矾漂白的面包,还有芝加哥的肉类罐头——加了一小撮我们现代的代盐。

他们把死神抬到一家大酒店的餐厅里(在拥挤的环境里,死神呼吸更顺畅)。在那里,他们给他点了杯廉价的印度茶,他们给他带来一瓶称之为香槟的酒,死神把它们喝光了。

他们拿来一份报纸,在上面查找应该服用什么成药。根据报纸上的推荐,他们给死神吃残疾人的食物、报纸上开的小药片。

最后，他们给了他喝了一杯牛奶和硼砂——和英国小孩喝的一样。

死神凶残地痊愈了，强壮地迈着大步，重新穿行在城市中。

35. 孤独的神像

我从一个朋友那里，得到了一块古老的石头：一尊无人敬奉的小神像。

我见他正襟危坐——就像在等待信徒祷告，他手里拿着一根折断的破旧小鞭子（无人留意那鞭子，无人向他祈祷，也无人敬献鲜活的祭品，而他曾经是神）。我可怜这个被遗忘的小东西，向他祈祷，就像人们在很久以前那样、在奇异的黑暗之船来之前那样，谦卑地祷告：

"神像啊，坚硬的白石神像，时间不能战胜你；持鞭者啊，请你侧耳倾听我的祈祷。

"啊，小巧苍白的淡绿色神像，你从远方漂来，你知道，在欧洲和周围的土地上，甜美、歌声和青春的雄狮的力量，很快就从我们身边消失了。红颜暗老，白发无情。心爱的人，终究死去。韶华易逝，岁月倥偬。浮名浮利，虚苦劳神。落木萧萧，败叶凌乱。人生几度秋凉，何时见秋获；有失败、有挣扎、有垂死、有哭泣，但凡美好的东西都没有留下，宛如浮光掠影。

"甚至我们的记忆，也都由古老的声音聚集而成。那远古时代的悦耳之声已不复重来，我们童年的花园也渐渐凋谢。随着岁月流逝，连心灵的眼睛也黯淡无光。

"莫要以时光为友，他恶毒的双脚，只顾无声地疾行，已践踏过最美丽的东西。我几乎听见了它身后岁月的呜咽声，像猎犬般，轻易将我们撕碎。

"他蹂躏一切美丽的事物，像一个大个子践踏雏菊，碾碎美好。人类的孩子是多么美丽啊。全世界都是秋天了，群星都为之哭泣。

"因此，莫要以时光为友，他也并未以我们为友。莫要对时间好，怜悯我们吧，让可爱的事物，为我们的眼泪而存在。"

如此这般，在一个刮风的天气，我出于怜悯，向那个无人敬拜的神像祷告。

36. 底比斯的斯芬克斯（马萨诸塞州）

在一座钢铁建造的城市里，有一个女人，她拥有金钱能买到的一切。她有黄金，有红利，有火车和房子，还有宠物陪伴，但她没有斯芬克斯（狮身人面）。

于是她恳求他们，给她带来一个活生生的斯芬克斯。因此，他们去了动物园，后来又去了森林和沙漠，但都没有发现斯芬克斯。

只要有一只小狮子，她就会心满意足，但那只狮子已经被她认识的一个女人领养了，所以他们不得不继续寻找斯芬克斯。

然而，还是一无所获。

他们不是轻易放弃的人，最后，他们在夜晚的沙漠里，发现了一个斯芬克斯，她正盯着一座荒废的神庙。几百年前，她快要饿死时，曾吃过那座庙宇里的神灵。

他们给她戴上锁链，带着她向西走，把她带回了家。

于是斯芬克斯来到了这座钢铁建造的城市。

女人很高兴自己拥有斯芬克斯。但是有一天，斯芬克斯久久凝视着她的眼睛，轻声向她问了一个女人的谜语。

女人答不上来，就死了。

斯芬克斯又沉默了，没人知道她将会做什么。

37. 奖赏

一个人的灵，在梦中比白天走得更远。有一天夜里，我从一座工业城市流浪到地狱的边缘。

那地方到处都是煤渣和废弃物,地下半埋着锯齿状的、边缘粗糙的东西。一个巨大的天使,用锤子敲击一座灰泥和钢铁组成的建筑。

我想知道,他在这可怕的地方做什么。犹豫了一下,我问他在建什么。

他说:"为了与时俱进,我们在扩建地狱。"

"不要对人类太苛刻。"我说。因为我刚从一个妥协的时代和一个衰弱的国家里走出来。

天使没有回答。

"不会比以前的地狱更糟吧?"我问。

"更糟。"天使说。

"作为恩典的使者,"我说,"你是怎样做到问心无愧的呢?"(在我来的城里,他们都这么说话,我也不得不这样。)

"有人发明了一种新的廉价酵母。"天使说。

我看着天使正在建造的地狱传说宣传墙,上面的文字用火焰写成,每隔十五秒就会改变颜色。墙上写着:Yeasto 牌酵母,伟大的新酵母,强身补脑,一切皆有可能。

"那些人将永远看着它。"天使说。

"但他们从事的是合法生意。"我强调说,"法律允许的。"

天使继续用锤子把那些巨大的钢柱敲牢。

"你报复心很强。"我说,"你干这种脏活,从不休息吗?"

"有一次圣诞节，我休息了，"天使说，"却看到一些孩子死于癌症。我现在要继续下去，直到把地狱的火点燃。"

"很难证明，"我说，"很难证明酵母和你想的一样坏。"

"毕竟，"我说，"那些人必须活下去。"

天使没有回答，继续建造地狱。

38. 绿叶大街的麻烦

她走到莫尔斯希尔街的神像店，那里有位喃喃自语的老人。

她说："我想要一个下雨时可以敬拜的神。"

老人提醒她，拜神像是会受到重罚的。当他把丑话说过后，她依然说："给我一个神像，我要在雨天敬拜。"

他去铺子的后院，找来一个神像，拿给她看。神像用灰色石头雕刻而成，看上去很吉利，老人喃喃地叫它"雨天快乐之神"。

也许是长时间宅在屋子里对肝脏有不利影响，也可能是对灵魂的不良反应，但可以肯定的是，只要是雨天，她的情绪就非常低落，她觉得所有的好事都躲着她。即便多抽几支烟，也没有好转。

于是，她想到了莫尔斯希尔街，想到了那个嘟嘟囔囔的老人。

他把灰色的神像取出来，咕哝着保证什么，尽管他什么也没写在纸上。她当场付了钱，就把神像拿走了。

在下一个雨天，她向自己买来的灰石神像——雨天快乐之神祈祷（谁知道是什么仪式，或者仪式缺少了什么）。

那之后，在绿叶大街上，在街角那座荒唐可笑的房子里，人人都在谈论她身上降临的厄运。

39. 雾

雾对雾说："我们去山丘吧。"雾里传出哭声。

雾气在高山和低谷间弥漫。

远处的树丛耸立在雾霾中，鬼影幢幢。

我去见一位喜爱山丘的先知，我向他请教："雾弥漫四野，为何去了山丘就哭呢？"

他回答说："雾由一群从未去过山丘的灵魂组成，他们现在死了。他们死了，却没有人看见，所以他们哭着去了山丘。"

40. 耕夫

他穿一身黑衣服，而他的朋友穿着棕色衣服，他们是两个古老家族的成员。

"你们盖房子有变化吗？"黑色的问。

"没有变化。"另一个说，"你们呢？"

"我们不会变。"他说。

一个人骑着自行车从远处走过。

"他总是在变，"黑色的说，"几乎每个世纪都在变。他总在变，因为没有安全感。"

"他改变了盖房子的方式，不是吗？"棕色的说。

"我的家人也这么说，"另一个说，"说他最近变了。"

"你家人说他经常到城里去？"棕色的问。

"我住在贝尔弗里斯的表弟告诉我的。"黑色的说，"他说他经常进城。"

"他就如此瘦了吗？"棕色的说。

"是的，他瘦了。"

"他们说的是真的吗？"棕色的说。

"呱！"黑色的说。

"他真的活不了几个世纪吗？"

"不，不，"黑色的说，"耕夫不会死。我们不能失去耕夫。他最近很蠢，玩弄烟雾，生病了。他的发动机使他厌倦，他的城市也很邪恶。是的，他病得很重。但几个世纪后，他会忘记自己的蠢。我们不能失去耕夫。他耕了那么久，我的家人都从他身后蓬松的土壤中，获取过食物。他不会死。"

"但他们都这么说，不是吗？"棕色的说，"他的城市很嘈杂，他在城市里生病了，再也跑不动了，他和我们一样，当我们长得太大时，青草在雨季发出苦味，我们的孩子就会臃肿而死。"

"谁说的？"黑色的问。

"鸽子，"棕色的那只回答，"他回来时浑身脏兮兮的。野兔有一次去了城市边缘，也这么说。那人病得太重了，都追不上野兔。他认为人会死，他的狐朋狗友跟他狼狈为奸。狗，也会死的。那只可恶的狗。他也会死的，那个肮脏的家伙！"

"鸽子和野兔！"黑色的说，"我们不会失去耕夫。"

"谁告诉你他不会死的？"他的棕色朋友问。

"谁告诉我的！"黑色的说，"我的家人和他的家人有时会在不经意间相互理解。我们知道什么样的愚蠢行为会互相残杀，什么人可以幸存下来。我说，耕夫不会死。"

"他会死的，"棕色的说。

"呱！"另一只说。

其实，人类心里是这么想的："再多一项发明吧，我还想用汽油再做点什么呢，然后我就放弃一切，回到丛林。"

41. 龙虾沙拉

我在危险的科尔昆洪布罗斯宫外围攀爬。在我下方很远的地方，在大地宁静的暮色和清新的空气中，我只能勉强看到它们卧在崎岖的山顶。

我攀登的地方既没有城垛，也没有平台的边沿，只能在陡峭的岩壁上、在巨石接缝处找到勉强的立足点。

要是我光着脚，那就完了。不过，我虽然只穿着睡衣，却踏着结实的皮靴。皮靴的边缘不知怎的夹在了狭窄的裂缝里。我的手指和手腕都隐隐作痛。

假如停下片刻，我可能会被诱惑着低头，在暮色中看一眼下方可怕的山峰——那一定是致命的。

这完全是一场梦，这无关紧要。我们以前也在梦中坠落过，但众所周知，如果在这样的坠落中，你落到地面，你就会死。我望着那些险恶的山顶，心里很清楚，倘若我跌倒，必然会迎来我最恐惧的结局。于是我继续攀爬着。

奇怪的是，当你的生命依赖于每一块巨石的边缘，不同的巨石会带来不同的感觉——每一块巨石都闪耀着同样的白光，每一块巨石都被古代国王的爪牙挑选出来，与其他巨石相匹配。这些边缘似乎都非常不同，克服对其中一个的恐惧，无济于事——因为下一个会用完全不同的方式来控制你，或者以不同的方式把你交给死神。有的太锋利抓不住，有的与墙壁齐平，那些抓得最牢靠的反而最快垮掉。每块石头都有其不同的恐怖之处，而且我身后还跟着那些东西。

最后，我爬到一处很久以前或许因地震、闪电或战争造成的断裂出处，要绕过它我得往下一千英尺，但我这样做的话，它们就会跟上来。那些我还没提到的某种黑猿，它们长着老虎一样的尖牙利齿，在这堵墙上出生长大，整晚对我穷追不舍。

无论如何，我都不能再往前走了。我不知道这座城的国王会对我做什么。是时候松开手放弃，或者停下来等着那些黑猿追来了。

忽然，我想起一枚别针，它从另一个世界的礼服领带上，被不经意地扔进墙的世界。如果没有意外，它现在就躺在我的床头柜上！

黑猿离我很近，朝我的方向迅速冲来，因为它们知道我的手指在打滑；而炼狱般的山峰，似乎比黑猿更确信我会掉下去。

我拼命地伸手去找床头柜上的别针，我四处摸索，终于找到了！

我用它在胳膊上狠狠地扎下去，得救了！

42. 流亡者的回归

我上山时，拿锤子的老人和持矛的独眼人，坐在路边聊天。

"他们又不是没问过我们。"拿锤子的人说。

"知道这件事的不超过二十个。"另一个说。

"二十个是二十个。"第一个人说。

"过了这么多年，"拿长矛的独眼男人说，"这么多年过去了，我们或许能回去一次。"

"或许能。"另一个说。

他们的衣服，即使对体力劳动者来说也过于旧了。拿锤子的那个，发黑的皮围裙上满是洞。他们的手也像皮革一样。不过，不管他们是什么人，他们都是英国人。那天，在满载着可疑的各国人士的汽车从我身边驶过后，看到英国人还是让我很开心。

当他们看到我时，拿锤子的人摸了摸他油腻的帽子。

"先生，"他说，"我们想冒昧地问，巨石阵怎么走？"

"我们永远不该去那里，"另一个哀怨地咕哝着，"我知道不超过二十个，可是……"

我正要骑着自行车到那儿去看看，所以我指了路后，就先骑车过去了。因为他俩都有一种奴性十足的感觉，我不喜欢他们做伴。从他们的可怜劲儿来看,他们似乎多年来一直受到迫害——或完全被忽视,我想他们很可能做过长期的苦役。

当我来到巨石阵时,我看到大约二十个人站在巨石中间。他们一本正经地问我是不是在等人,我说没有,他们就不跟我说话了。

我距离遇见两位怪老人的地方,至少有三英里,但我刚抵达巨石阵没多久,他们就沿着大路大步走来了。众人看见他们,就都脱下帽子,行为非常怪异。我见他们有一只山羊,他们把它牵到旧祭坛的石头上去。两位老人拿着锤子和长矛,走上前去,为他们回到这里而哀怨地道歉。所有人都跪在他们面前的草地上。然后,他们仍然跪在祭坛前,把山羊宰了。两位老人看见了,就想出了许多借口,急切地嗅着血。起初这让他们很开心。但没过多久,拿着长矛的人开始呜咽起来。"以前都是人,"他哀叹道,"以前都是人啊。"

那二十个人不安地面面相觑,独眼人持续着他声泪俱下的哀怨。突然,他们都看着我。我不知道这两位老人是谁,也不知道他们在干什么,但有些时候,该离开的讯号非常明显,于是我赶紧转身离开他们。就在跨上自行车的时候,我听到拿锤子那人哀怨的声音,他在为自己冒昧回到巨石阵而道歉。

"可是已经过去这么多年了,"我听见他哭着说,"都这么多年了……"

拿矛的人说:"是啊,整整三千年了……"

43. 自然与时间

一个冬天的夜晚,一个胜利的灵魂大步走过考文垂的街道。在他身后,一个被虐待的灵魂弯腰驼背,蓬头垢面,穿着捡来的衣服。她声泪俱下,大声地数落着,试图跟上他的步伐。她不停地拽着他的袖子,一边气喘吁吁,一边对他喊叫,而他却坚定地大步向前走。

那是一个寒冷的夜晚,尽管她衣衫单薄,但她似乎并不怕冷,而是害怕有轨电车、丑陋的商铺和工厂耀眼的强光。她一瘸一拐地走着,不时缩着身体,人行道弄伤了她的脚。

大步流星地走在前面的人,似乎什么也不在乎,不管是热是冷,是静是吵,是人行道还是开阔的田野,他都昂首阔步。

她追上来抓住他的胳膊,我听到她说话的声音很不愉快,但几乎听不到,因为车辆声太吵了。

"你把我忘了,"她对他抱怨道,"你把我抛弃在了这里。"

她挥舞着手臂,指着考文垂——又似乎也在指远处的其他城市。他粗鲁地要她跟着他走,说自己并未抛弃她。她继续悲叹着。

"我的银莲花死了好几英里,"她说,"我所有的森林都倒下了，而城市还在生长。我的孩子遭了无妄之灾，我其他的孩子也危在旦夕，城市还在扩张，而你却把我忘了！"

这时，他怒气冲冲地转过身来，几乎停下了他自群星诞生之初就启动的步伐。

"我几时忘记过你？"他说，"我倾覆巴比伦不是为了你吗？尼尼微不也湮灭了吗？困扰你的波斯波利斯如今安在？他施和推罗，又在何方？你说我忘记你了吗？"

听了这话，她似乎得到了一丝安慰。我又听见她满怀渴望地对她的同伴说："田野什么时候才能恢复？孩子们的草地什么时候才会回来？"

"快了，快了。"他说完，就再不发一言了。

他在前面大步走着，她一瘸一拐地跟在他后面。当他经过时，钟楼上所有的钟，齐声长鸣。

44. 乌鸫之歌

当诗人经过荆棘树时，乌鸫在歌唱。

"你是怎么做到的？"诗人问。因为他懂鸟语。

"是这样的，"乌鸫说，"这是件极不寻常的事。这首歌是我去年春天创作的，灵感突如其来。因为有一只世界上最美的雌乌鸫。她的眼睛比夜晚的湖泊还黑，她的羽毛比黑夜还要黑，没什么东西比她的喙更黄。她能飞得比闪电还要快。她不是一只普通的乌鸫，从来没有像她这样的鸟。我不敢靠近她，因为她太棒了。去年春天的一天，天气暖和起来了——那时天气很冷，我们一起吃了浆果，情况就完全不同了。但春天来了，天气变暖了——有一天，我正在想她是多么的美妙，想到我曾经见到过她，这是世界上唯一真正美妙的雌乌鸫——那真是太不可思议了，我开口叫了一声，这首歌就来了。以前从来没有这样的歌，幸运的是，我还记得它，就是我刚才唱的歌。但是，最不寻常、最令人称奇的是，在那个奇妙的日子里，我刚唱完这首歌，那只世界上最美妙的雌乌鸫就飞到了我面前，离我很近地坐在同一棵树上。我从来没经历过如此美好的时光。

"是的，那首歌马上就来了，就像我说的那样……"

一个老流浪者拿着棍子走来，黑鸟飞走了。诗人把乌鸫的奇妙故事讲给老人听。

"这首歌新吗？"流浪者说，"一点也不。上帝在多年前就创造了它。在我小时候，所有的乌鸫都唱这首歌。这在当时是首新歌。"

45. 信使

一个人逡巡在帕纳塞斯山的诗坛附近追逐野兔时,他听见了崇高的缪斯女神的声音。

"给我们捎个口信去黄金城。"

缪斯这样唱道。

但那人说:"不是叫我,缪斯女神不会对我这样的人说话。"

缪斯女神直呼他的名字。

"替我们捎个口信,"她们说,"去黄金城。"

那人怏怏不乐,因为他更想追逐野兔。

缪斯再次呼唤他。

不论在山谷,还是在高崖,他都能听见缪斯的声音。他终于走到她们面前,听了她们的口信。尽管他很想把口信留给别人去捎,自己继续在快乐的山谷里追赶飞奔的野兔。

她们送给他一个翡翠桂冠——只有缪斯才能雕刻。她们说:"这样的话,他们就能知道,是缪斯女神差你来的。"

那人出发了,穿着从缪斯处得来的朱红色绸缎斗篷。他穿过金城大门,大声喊出他的消息,斗篷在他身后迎风招展。

所有黄金城的智者和长老,都静静地盘腿坐在房子前,从羊皮纸上读着很久以前缪斯女神送去的信息。

年轻人大声呼喊着从缪斯那里带来的消息。

他们站起来说："汝并非自缪斯而来，否则她们会提前告知我们。"随后，他们用石头砸他，把他砸死了。

他们把他带来的消息刻在黄金上，在神圣的日子里，在神殿诵读。

缪斯什么时候休息过？她们什么时候疲倦过？她们又派了一个信使去黄金城。她们给了他一根象牙手杖，让他拿在手里，手杖上刻着奇妙世界的所有美丽故事——也只有缪斯能雕刻。

"这样，"她们说，"他们就会知道，是缪斯差你来的。"

于是他带着给城民们的信息，穿过黄金城的大门。在金色的街道上，城民们读完刻在黄金上的信息后站起来。

"上次来的人，"他们说，"是带着翡翠桂冠来的，只有缪斯才会雕刻。你一定不是缪斯的人。"他们用上次砸死人的石头，照样砸死了他。然后把他的信息，也刻在黄金上，供在神殿里。

缪斯什么时候休息过？她们什么时候疲倦过？她们再一次派了使者，从大门进入黄金城。尽管他戴着缪斯送的金冠——一个柔软的金凤花花环，当然是纯金的，也是缪斯亲自做的，但他们依然用石头砸死了他。反正信息已经收到了，何必在乎缪斯呢？

然而缪斯还是不歇息,因为她们已经呼唤我好一阵了。

"把我们的口信带去黄金城。"她们说。

我不答应。她们又说了一遍:"去给我们捎口信吧。"

我还是不肯去。她们再一次喊:"去帮我们传话吧。"

她们喊了我三次,我态度坚决。她们开始夜以继日地哭泣,通宵达旦地流泪。

缪斯什么时候休息过?她们什么时候疲倦过?她们不停地呼唤我。我终于走到她们面前,对她们说:"黄金城不再是金色之城了。他们卖柱子换黄铜,卖神殿换钱,他们用金门造钱币。它已经变成了一个黑暗的城,乌烟瘴气,乱象横生,鸡犬不宁,美好的事物早已远离,古老的歌曲也已经消失。"

"去给我们捎口信吧。"她们喊道。

我对尊贵的缪斯说:"你们不明白。没有黄金城可以收信了,圣城已不复存在了。"

"去给我们捎口信吧,"她们喊道。

"你们的口信是什么?"我问缪斯。

当我听到她们的口信时,就找借口,生怕在黄金城里说出这样的话。可她们还是不停地催促我上路。

我说:"我不去,没人相信我。"

缪斯们仍然整夜向我哭泣。

她们不懂。她们又知道些什么呢?

46. 三个高大的儿子

终于，人类让其文明最后的辉煌——终极之城的摩天大厦——巍然耸起。

在他们脚下，地底深处，机器轻声轰响，满足人类一切所需。

人类不再辛劳，他们安适地坐下来，谈论起性的问题。

一位可怜的乞婆，有时会痛苦地走出被遗忘的田野，大老远地来到门外——来到代表人类终极辉煌的堡垒，却总被拒之门外。

人类所创就的辉煌，这个城市，并非是为了她。

大自然特意从田野赶来乞讨，却总是被他们赶走。

她只得孑然一身，返回田野。

某天她又来了，他们再次打发她走。但她身后跟着三个高大强壮的儿子。

她说："应该放他们进去，他们都是我儿子。"

三个高大强壮的儿子走了进去。

他们是大自然的儿子，是被遗弃者的可怕的孩子——战争、饥荒和瘟疫。

是的，他们进入了城市，而人类却浑然不知——仍然在痴迷地研究人的问题,沉溺于人的文明,从未听到那三人在他们身后响起的脚步声。

47. 妥协

他们在地震的巢穴上,建造他们华丽的家园,他们的荣耀之城。他们用大理石和黄金建造了它,那是在世界焕发光彩的青年时代。他们在那里宴饮、战斗,称他们的城市为——不朽之城,并对诸神载歌载舞。

在欢乐的街道上,没有人注意到地震的发生。

在大地的深处、在深渊的黑脚上,那些想要征服人类的物种,在黑暗中密谋已久。他们怂恿地震在城里测试它的力量,让它在夜里随意入侵,像啃骨头一样啃噬城市的柱子。

在肮脏的深渊里,地震婉拒了他们,它不会按照他们的心意做事,也不愿轻易动身,因为——谁知道他们是谁?他们在它轰鸣时,居然还能整天跳舞。那个城市的主人们,连地震之怒都不恐惧,或许他们都是神呢?

几个世纪环绕着世界缓缓流逝,有一天,那些在城市里歌唱跳舞的人们,突然想起他们脚下的深处,是地震的巢穴。于是他们彼此商量,试图避开危险,想要平息地震,驱散它的怒气。

人们把唱歌的姑娘、端着燕麦和葡萄酒的祭司、花环和美味的浆果，通过黑暗的台阶，送到大地深处。他们送去了刚杀死的孔雀，供奉着点燃香料的男孩。瘦小的白色圣猫戴着刚从海上采来的珍珠项链，装满柚木箱的巨大钻石、油膏和奇异的东方染料，还有箭、盔甲和他们女王的戒指——他们都送了下来。

"哦，"地震在地球的清凉处感慨，"这么说，他们不是神嘛。"

48. 我们到了什么地步了

当广告人看到远处高地上的大教堂尖顶时，他潸然泪下。

"要是，"他说，"这是牛肉丸的广告就好了——味道鲜美，营养丰富，煮在你的汤里尝一尝，女士们会喜欢的。"

49. 潘神的墓

他们说："鉴于古老的潘神已死，现在让我们为他建一座墓和一块碑，让所有人都能记住和避免过去那些可怕的崇拜。"

开明国度的人民如是说。

于是，他们建造了一座洁白恢弘的大理石坟墓。坟墓在建筑工人的手下慢慢成型，每天傍晚日落后，它都闪烁着落日的余晖。

在工人建造时，有许多人为潘神哀哭，也有许多人辱骂他。一些人要求工人停工，为潘神哀悼；而另一些人，让工人不要为这样臭名昭著的神留下任何纪念。可工人们依然按部就班，稳步推进。

一天，工程竣工，坟墓矗立，像陡峭的海崖。墓碑上刻着，他谦卑地低着头，脖子上压着天使的双脚。坟墓完工时，太阳已经下山了，余晖映照在潘神巨大的坟墓上，泛着奇异的玫瑰色。

不久，所有开明的人都来了，他们看到坟墓，想起了死去的潘神，为他和他邪恶的岁月感到悲哀。也有几个人因潘神的死而落泪。

但是到了晚上，他偷偷溜出森林，像影子一样轻快地沿着山崖溜出去——潘神看见了坟墓，忍不住大笑起来。

附：佩加纳诸神
The Gods of Pegāna

何殇 译

诸神列表

太一之神

马纳-尤德-苏夏伊(MANA-YOOD-SUSHAI)

佩加纳次级神祇

生命之神 基伯(Kib)
时间之神 西逝(Sish)
万水之神 斯立德(Slid)
死亡之神 蒙戈(Mung)
欢愉之神 林庞-滕恩(Limpang-Tung)
梦幻之神 尤哈涅斯-拉哈伊(Yoharneth-Lahai)
前行之神 罗恩(Roon)
命运之神 多罗兹汉德(Dorozhand)
遗忘之神 西拉米(Sirami)
觉悟之神 胡德拉宰(Hoodrazai)
太一击鼓人 斯卡尔(Skarl)
牧羊人、九重天的主风暴之父 佐德拉克(Zodrak)

佩加纳之外的低级神灵

撸猫之主 皮祖（Pitsu）

抚狗之主 霍比斯（Hobith）

余烬之主 哈巴尼亚（Habaniah）

尘埃之主 赞比伯（Zumbioo）

炉火之主 老格里鲍（Gribaun）

炊烟之主 基罗洛古（Kilooloogung）

破烂之主 贾比木（Jabim）

寂静之主 黑侍（Hish）

暮霭之主 特立布吉（Triboogie）

夜声之主 沃霍恩（Wohoon）

干旱之主 乌博尔（Umbool）

艾梅斯河之主 艾美斯（Eimes）

扎内斯河之主 扎内斯（Zanes）

塞加斯特里昂河之主 塞加斯特（Segastrion）

前言

在太初之前的迷雾里，宿命和运气，通过抓阄决定，谁为主宰。胜利者穿越迷雾，来到马纳－尤德－苏夏伊面前，说："现在为我创造诸神吧，我是胜利者，我是游戏的主宰。"

胜利者究竟是谁？穿越太初迷雾，来到马纳－尤德－苏夏伊面前的，是宿命，还是运气？

无人知晓。

0. 楔子

在希腊诸神高居奥林匹斯之前，在安拉尚未成为安拉之前，马纳－尤德－苏夏伊，就已完成创世并沉睡。

彼时，佩加纳居住着蒙戈、西逝和基伯，以及所有次级神祇的创造者——马纳－尤德－苏夏伊。此外，吾辈还信奉罗恩与斯立德。

相传，万物都由次级神祇创造，其中并无马纳－尤德－苏夏伊。马纳－尤德－苏夏伊只创造了诸神，此后便进入长眠。

除却他所创造的神祇,任何人不得向马纳－尤德－苏夏伊祈祷。

然而,一切都将在马纳－尤德－苏夏伊苏醒时终结,他会创造出新的神祇和新的世界,并毁灭既往创造的诸神。

诸神与诸界将化为乌有,唯有马纳－尤德－苏夏伊万古长存。

1. 击鼓人斯卡尔

在马纳－尤德－苏夏伊创造诸神和斯卡尔时,斯卡尔造了一面鼓,并开始敲击,仿若永世无穷。马纳－尤德－苏夏伊创造众神后已然疲惫,听见鼓声,昏昏欲睡,最终沉入梦乡。

诸神见马纳沉睡,全都缄默不语。佩加纳被宁静笼罩,唯有斯卡尔的鼓声不息。斯卡尔坐在马纳双脚前的浓雾里,击着鼓,凌驾于诸神之上。有人说,诸界与群星,只是斯卡尔鼓声的回音;还有人说,那些不过是马纳被鼓声催眠生出的梦境,就像被歌声惊扰睡眠的人会做梦;但都无可查证——有谁听过马纳的声音?又有谁见过那击鼓之人呢?

只因诸神壮志未酬,斯卡尔便击鼓不停,寒来暑往、夜以继日,即便双臂酸困不堪也不停歇。只有如此,诸神才能尽职,诸界才能运转。一旦鼓声有片刻迟钝,马纳就会苏醒,诸神与诸界将灰飞烟灭。

Sidney Herbert Sime (1865-1941), The Gods of Pegana, The Dreams Of Manya-Yood-Sushai, 1911
西德尼·赫伯特·森姆 (1865年—1941年), 佩加纳诸神, 马纳-尤德-苏夏伊的梦, 1911年

然而，当斯卡尔终于停止击鼓，寂静如空穴雷鸣，震惧佩加纳。马纳苏醒。随即，斯卡尔将背起鼓，走入诸界之外的虚无。因为，这就是终结，斯卡尔功成身退。

此后，斯卡尔或许会侍奉新的神祇，或许会永逝。但已无关紧要，斯卡尔事了拂衣去，深藏身与名。

2. 创世纪

马纳-尤德-苏夏伊创造众神时，除却诸神，别无他物。诸神位于时间中央，被时间环绕，不偏不倚，无始无终。

佩加纳没有温度，也没有光。除了斯卡尔的鼓声，无声无息。佩加纳是万有之奇点，上下前后，混元一体。

然而，诸神只用各自的手势交谈，唯恐惊扰佩加纳的寂静。诸神相互示意："趁着马纳沉睡，让我们来创造世界玩吧。我们创造万物，创造生灭，给天空涂上颜色，只要不打破佩加纳的宁静就好。"

于是诸神抬手结印，创造诸界和群星，点亮玉宇琼楼。

然后，诸神说："让我们创造一位探索者，让他上下求索，却永世解不开诸神创世之谜。"

于是诸神抬手结印，创造了闪耀之星。他拖曳着醒目的尾迹，在诸界尽头追寻，百年轮回，周而复始。

人啊，当你见到彗星，应知除你之外，另有他者，也在追寻。

然后，诸神依然用手势说："需要有一个守望者去凝视。"

于是他们创造了月亮，用千山万壑使他满面沧桑，让他以暗淡的眼眸注视诸神的游戏，在马纳沉睡之时，恒久守望，守望万物，默不作声。

然后诸神说："还需要一个不动者，一个在流转更迭中岿然不动的恒定之物。他既不像彗星般追寻，也不像世界般运转。马纳憩息时，他也驻足。"

于是他们创造了恒久不变之星，将他安置在北方。

人啊，当你凝望北极星，应知他与马纳一同安息，应知诸界之中有恒定。

最后，诸神说："我们创造了诸界和群星，创造了探索者和守望者，现在，让我们创造奇思妙想者。"

于是，诸神抬手结印，创造出地球去奇思妙想。

地球诞生了。

3. 诸神的游戏

诸神的上一轮游戏之后，已过了百万年，马纳-尤德-苏夏伊仍然沉睡。在时间的中央，诸神仍以玩弄诸界为乐。月亮在守望，探索者在追寻，周而复始。

基伯对诸神的第一轮游戏心生厌倦，于是在佩加纳抬手结出基伯之印。地球上野兽漫山遍野，供基伯游戏。基伯和百兽玩闹嬉戏。

其他众神相互示意："基伯做了什么？"

他们询问基伯："那些在地球上运动却不像世界般运转，会像月亮般注视却不发光的东西，是何物？"

基伯说："是生命。"

诸神相互说："基伯既然创造了野兽，终有一天也会创造出人类，这将严重威胁到诸神的秘密。"

蒙戈对基伯嫉妒无比，他在百兽中散布死亡，却无法使其灭绝。

诸神的第二轮游戏也过去了百万年，依然在时间的中央。

基伯对第二轮游戏也感到厌倦，便在万有之中，抬手结出基伯之印，创造了人类——他将人类从野兽中分离，人类从此遍布地球。

诸神担心自己的秘密泄露，因此在人类与真知之间，设置了一层屏障，让人无法获得真知。蒙戈忙于在人群中收割生命。

可是，当其他神祇看见基伯的新游戏，他们也如法炮制。他们一会直玩乐，直到马纳醒来斥责他们："尔等竟以诸界、群星和众生的生死为戏吗？"在马纳的笑声里，诸神将为自己的玩乐而羞惭。

基伯率先像人类般开口说话，打破了佩加纳的寂静。其余众神都对基伯开口说话愤愤不平。

从此，佩加纳与诸界之中再无寂静。

4. 诸神的圣歌

诸神唱响了诸神的圣歌：

"吾辈是神，吾辈是马纳－尤德－苏夏伊的游戏，他玩过之后，就彻底忘记。

"马纳－尤德－苏夏伊创造吾辈，吾辈创造诸界与群星。

"吾辈以诸界、群星和众生的生死为戏，直至马纳苏醒，斥责我们：尔等竟以诸界与群星为戏？

"诸界与群星是何等重要，然而马纳的笑声却将其化为泡影。

"当他从沉睡中苏醒，哂笑吾辈以诸界和群星为戏，吾辈将匆匆将它们弃置身后，诸界从此不复存在。"

5. 基伯箴言

（诸界生命的创造者）

基伯说："吾乃基伯。吾非他人，正是基伯。"

基伯即基伯，惟是基伯，并非他者。请相信！基伯说："很久以前，太久之前，只有马纳－尤德－苏夏伊。马纳存在于诸神之前，还将于诸神消逝之后长存。"

基伯说："诸神消逝之后，诸界无论大小，皆归于虚无。"

基伯说："马纳－尤德－苏夏伊将成孤家寡人。"

既已书写在册，就相信吧！难道尚未被书写？难道你比基伯更伟大？基伯就是基伯。

6. 关于西逝

（时间的毁灭者）

时间是西逝的猎犬。

时间为西逝所驱使，奔跑在他前行路上，为他开路。

西逝从不退后，从不停留，对过往的事物，既不怜悯也不回顾。

西逝身前是基伯，身后是蒙戈。

在西逝身前，一切生机勃勃；而在他身后，万物凋零枯萎。

西逝一往无前，从不驻足。

曾经，诸神与人一样漫步地球，像人一样开口说话。那时是在沃纳斯－马瓦伊，如今他们早已人去楼空。

沃纳斯－马瓦伊是大地上最美丽的花园。

Sidney Herbert Sime (1865-1941), The Gods of Pegana, Hish, 1911
西德尼·赫伯特·森姆 (1865年—1941年), 佩加纳诸神, 西逝, 1911年

基伯对其赐福，蒙戈手下留情，西逝也未以时光摧残。

沃纳斯-马瓦伊在一处山谷之中，面朝南方。西逝年轻时，曾在山坡上的花丛中休憩。

之后，西逝便动身闯入世界，摧毁城池，驱使时间攻击万物，以锈蚀和尘埃摧枯拉朽。

时间——西逝的猎犬，吞噬万物。西逝让藤蔓漫延，让荒草丛生。尘埃自他手中落下，覆盖一切堂皇之物。他让时间攻击一切，只放过自己年轻时休憩过的山谷。在那里，他勒住了老猎犬时间；就连蒙戈，也在花园边界止步。

沃纳斯-马瓦伊依然面朝南方，依然绝世无双。山坡上百花争妍，与诸神青春之时一样，甚至蝴蝶也依然在此翩翩飞舞。尽管诸神对万物毫无怜悯，但对自己往昔的记忆仍格外怜惜。

沃纳斯-马瓦伊依然静卧着凝望南方。倘若你能找到它，你将比诸神更幸运，因为而今他们早已不在那里漫步。

有一次，一位先知以为自己隔着群山看到了它，一座繁花似锦的园林。但西逝起身，伸手遥指，命令时间追逐他，于是那猎犬一直追逐至今。

时间是诸神的猎犬，但自古相传，它终有一日会反噬其主，猎杀诸神。只有马纳-尤德-苏夏伊除外，因为诸神皆是他的南柯一梦，一场源远流长的梦。

7. 关于斯立德

(海中之灵)

斯立德说:"莫让凡人对马纳－尤德－苏夏伊祈祷,谁能用人间的仇怨去叨扰他?谁又敢用尘世的苦难去触怒他?

"也莫让凡人对马纳献祭,对这位造神主来说,祭品和祭坛能带来什么呢?

"向次级神祇祈祷吧,他们才是司职的神,马纳是过去的神——他已功成身退,正在休养生息。

"向次级神祇祈祷吧,祈愿他们能听见。可是这些创造了死亡和痛苦的神祇,又有何恩可赐予?难道他们会为你勒住时间的狗链吗?

"斯立德只是一个下位神,然而斯立德就是斯立德——这已被写下,已被说出。

"因而,对斯立德祈祷吧!莫要忘却斯立德,但愿斯立德不会在你渴望死亡时,将它赐予你。"

于是,大地上的人们说:"大地上有一种旋律,如同万条溪流同时为它们弃置山间的家园引吭高歌。"

斯立德说:"我是流水之主,无论是激流还是死水,都归我管辖。世上所有的水,以及在群山中蜿蜒流动的长河都尊我为

Sidney Herbert Sime (1865-1941), The Gods of Pegana, Slid, 1911
西德尼·赫伯特·森姆 (1865年—1941年), 佩加纳诸神, 斯立德, 1911年

主，然而斯立德之灵在海洋中。百川异源，皆归于海。"

斯立德说："斯立德手玩瀑布，濯足河流，以平原的湖泊作为眼睛张望，但斯立德之灵居于海中。"

斯立德在人间的城市备受尊崇，他行走在森林和平原的道路上悠游自得，他在高山峡谷间的舞蹈美妙动人。但斯立德从不被堤岸束缚——斯立德之灵的确在海中。

在那里，斯立德晒着日光浴，朝着天上的诸神畅怀谈笑。相较于那些掌管世界、操纵生死的神，他自在逍遥。

在那儿，他悠然闲坐，或潜行于船，或绕行于岛，心满意足地呻吟和喟叹——他是守财奴，是拥有比一切传说中的珠宝还要多的财富之主。

有时，斯立德喜不自禁，挥舞着巨大的双臂，扬起头上绵延数里的长发，为遇难的船只高唱挽歌。他倾尽所有毁灭性的力量，翻江倒海。于是海洋像是决战前夜的无畏军团，狂热地为领袖欢呼，在风暴中积蓄能量，一同咆哮着、跟随着、颂唱着、毁灭着，去征服一切——这都是遵从海中神灵斯立德之命。

神明喜怒无常，当斯立德气定神闲时，大海风平浪静；倘若海上波涛汹涌，说明斯立德正焦躁不安。因为斯立德安坐于佩加纳高处，所以他的身影可以同时投射到许多地方。有水之处，就有斯立德在河边散步。但斯立德的声音与召唤来自大海。不论是谁，听到他的召唤，都要离开恒定之物，去追随他，陪伴他的喜怒哀乐——在奔流到海之前，不得停息。

前方是斯立德的召唤，身后是家乡的群山，万千之众，东流归海。斯立德以神祇怜悯信徒的悲声，为他们的遗骸哀叹。即便是大陆深处的溪流，听到斯立德的召唤，也会抛却草甸和森林，高唱斯立德的颂歌，与他同心同德、同喜同乐，奔流到海不复还。

宛如最终降临之时，所有生命都汇聚于马纳－尤德－苏夏伊脚下。

8. 蒙戈之事

（佩加纳与世界边缘之间的死亡主宰）

蒙戈走过大地，经过城市，越过平原，一路向前。一次，他遇到一个人。蒙戈说："我是蒙戈！"那人惊恐万状。

蒙戈说："过去的四千万年是否让你痛不欲生？"

蒙戈又说："将来的四千万年不会比活着更痛苦！"

然后，蒙戈抬手结印，那人的生命从此不再为手脚所束缚。

蒙戈在箭矢飞行的尽头，也存在于房间与城市中。无时无刻，蒙戈无所不在。但他尤喜行走在黑暗与寂静中：黑夜与黎明在佩加纳与诸界之间的大道上相遇之前，沿着风停雾薄的河畔散步。

有时，蒙戈会拜访穷人的茅屋，有时也在帝王面前礼数周全。之后，不论是穷人还是帝王，都生命凋零，倏然而逝。

蒙戈说："基伯给每个人都赐予了人间正道，路上曲折蜿蜒，而每个转角背后,都坐着蒙戈。"

一天,某人走在基伯赐予的大路上,忽然遇到了蒙戈。蒙戈对他说:"我是蒙戈!"那人大叫道:"唉,可惜我走了这条路,如果走了别的路,就不会遇到蒙戈了。"

蒙戈说:"如果你能走别的路,冥冥之中,一切就没了定数,而神也不再是这些神。当马纳-尤德-苏夏伊苏醒,再次创造新神后,或许他们会让你重新降生人间。到那时,你或许可以选择别的路,也不会遇见蒙戈。"

随后,蒙戈结出死亡之印,那人的生命便与昨日的悔恨、旧日的悲伤和被遗忘之事,一并消逝——去往只有蒙戈才知晓的地方。

蒙戈继续走,肩负分离生命与身体的重任。蒙戈遇见一个人,他看见蒙戈的影子就悲伤难耐。蒙戈对他说:"面对死亡之印,生命将飘然逝去,你的悲伤也将随生命一同流逝。"但那人喊道:"啊,蒙戈!请稍等片刻,不要立即对我结印。我在人间还有家人,尽管我的悲伤会随我离去,却一直会围绕他们。"

蒙戈说:"对诸神而言,一切皆为当下。在西逝尚未流放诸多岁月之前,你的家人因你离去的悲伤,会像你的悲伤一样,如过眼云烟。"于是,那人眼睁睁地看着蒙戈结出死亡之印——这是他最后所见之物。

9. 祭司圣歌

这是祭司的圣歌。

属于蒙戈祭司的圣歌。

这是祭司的圣歌。

夜以继日,蒙戈的祭司向蒙戈呼唤,而蒙戈却充耳不闻。那么,凡间万众的祈祷又有什么用呢?

不如把贡品献给祭司,献给蒙戈的祭司们。

如此一来,他们就会用更大的声音对蒙戈呼喊,比以往更为响亮。

这样,蒙戈或许就会听见了。

蒙戈的阴影将不再笼罩众生的希冀。

蒙戈的步伐也不再践踏众生的梦想。

众生的生命将不再因蒙戈而消逝。

把贡品献给祭司,献给蒙戈的祭司们。

这是祭司的圣歌。

蒙戈祭司的圣歌。

这是祭司的圣歌。

10. 林庞－滕恩的话

（欢笑与吟游诗人之神）

林庞－滕恩说："诸神之大道奥秘无穷，花开花落、生老病死，都是诸神的奇妙安排。

"但诸神所行，皆有其莫名秩序。

"我将嬉戏和欢乐赐予世界。当死亡遥远宛若群山紫色的边缘，当悲伤迢遥如盛夏晴天的雨水，向林庞－滕恩祷告吧。可当你人生迟暮或垂死之际，请不要向我祷告，因为你成了秩序里我不能理解的部分。

"走出去仰望星空吧，林庞－滕恩将和你共舞。这位欢笑与吟游诗人的神明，在诸神还年轻的时候就一直起舞。或者给林庞－滕恩讲一个笑话，只是不要在悲伤的时候向他祈祷。诸神这么做自有其安排，林庞－滕恩不理解悲伤，他只能这么说。"

林庞－滕恩说："我不及诸神。你们要向次级神祇祈祷，而不是向我。

"尽管如此，在佩加纳与大地之间，依然飞舞着万千祈祷。它们在死神面前振翼，却从未有人能阻挡神击之手，也没有谁能阻止铁面无私者的步伐。

"大声祈祷吧！也许在经历千万次失败之后，终能获得神恩。

"林庞-滕恩不及诸神,也无法理解他们。"

林庞-滕恩说:"为了使世人不因仰望永恒不变的天空,而对伟岸的世界心生厌倦,我将在天空涂鸦。每日涂画两次,直至时间尽头。当一天从黎明之乡升起,我将涂上蓝色,使人一见欢欣。当一天坠入夜晚,我将在蓝色上涂抹夜色,以免让人悲伤。"

"这太不值一提了,"林庞-滕恩说,"对神来说,给凡人些许欢愉真是轻而易举。"

林庞-滕恩许诺,只要时日尚存,他的图画将永不重复。他以诸神无法违背的佩加纳诸神的誓言,把手搭在每位神祇的肩头,凭着他们眼睛里闪烁的神辉起誓。

林庞-滕恩诱惑了溪流的旋律,窃取了森林的赞歌。因他之故,风在凄冷地呼啸,大海唱起挽歌。对林庞-滕恩来说,无论风吹草动,无论悲天跄地,抑或欣喜若狂,都蕴含着音乐。

在人迹罕至的群山中,他用山峰雕刻了管风琴。当他的仆从——风——从四面八方赶来,那儿便奏响了林庞-滕恩的音乐。然后这起于夜色的乐曲,将如河水般流淌、蜿蜒辗转于整个世界。倘若在大地的某处,有一人聆听,便立即会迎合那直抵灵魂的旋律,引吭高歌。

有时,林庞-滕恩会以人无法听见的脚步、无法窥视的身影,在暮色中信步漫游。他会在爱乐之城,站在流浪歌手的身后,在其头顶上摇摆双手。流浪歌手们便心头鹿撞,不能自已,奏响音乐。于是欢歌笑语充盈爱乐之城，却无人看见流浪歌手身后的林庞－滕恩。

当流浪歌手沉沉睡去、欢歌笑语繁华落尽，林庞－滕恩穿越黎明前的雾霭，踏着夜色，独自回归群山深处。

11. 关于尤哈涅斯－拉哈伊

（小小梦境与幻想之神）

尤哈涅斯－拉哈伊，是小小梦境与幻想之神。

整个夜晚，他都把小小的梦境从佩加纳撒播人间，以愉悦大地上的人。

他的梦境既送给穷人，也送给国王。

在夜晚结束前，他忙碌于分发梦境，经常忘记谁是穷人，谁是国王。

那些没有获得尤哈涅斯－拉哈伊的梦境就睡去的人，将彻夜忍受佩加纳诸神的哂笑。

尤哈涅斯－拉哈伊赐予城市安宁，通宵达旦，直到拂晓才离去。那时，又到了诸神玩弄人间的时刻了。

究竟尤哈涅斯－拉哈伊的梦境和想象是虚幻，凡尘俗事为真；还是凡尘俗事是虚幻，尤哈涅斯－拉哈伊的梦境和想象为真？除了马纳－尤德－苏夏伊，无人知晓，可他却从不言明。

12. 前进之神罗恩与一千家神

罗恩说:"有运动之神,也有静止之神,而我是前进之神。"

因为罗恩,世界永无止息。诸界、卫星和彗星,都为罗恩所鼓动。他振臂一呼:"前进!一往无前!激流勇进!"

早在万物之初,佩加纳还没有光的时候,罗恩就与诸界相遇。罗恩在虚无之中对它们舞动,之后,诸界便从未停息。罗恩还把所有溪流都护送到海洋,让所有江河都归于斯立德之灵。

罗恩对着所有的水结出罗恩之印,看吧,所有的水都离开山川。罗恩冲北风耳语,北风就呼啸不停。

夜晚,若人们的房间外传来罗恩的足音,从此他们就不知安逸和稳定为何物,在他们面前的,将是绵延万里、周游世界的旅程,始于离家、终于坟墓,马不停蹄。这全都是遵照罗恩的号令。

山无极,海无涯,一切都无法阻止罗恩。

无论罗恩想去哪里,他的子民就都去哪里,诸界及其河流与风,皆是如此。

我曾在静夜耳闻罗恩的召唤:"南方有香料之岛。"罗恩的声音里传递着:"去吧!"

罗恩说:"家宅之神,成百上千。他们守着灶台,看护炉火。但只有一个罗恩。"

暮色苍茫,无人听见罗恩暗自低语:"马纳－尤德－苏夏伊将做什么?"罗恩不是那种你在灶前供奉的神明,他也不会庇佑你家。

把你的辛劳和速度奉献给罗恩,以前往南方的营火烟雾为熏香,以前行之声为颂歌,他的神殿坐落在极东之地,最遥远的山外山。

雅利纳列斯,雅利纳列斯,雅利纳列斯——意思是远方——这些文字以金字镌刻在罗恩神殿大门的门楣上。罗恩的神殿面朝东方,坐落在海边。罗恩的形象被雕刻成一个巨大的号手,号角指向远隔重洋的东方。

无论是谁,听到罗恩在夜晚发出的声音,都会立即抛弃栖坐在炉灶边的家神。这些家神有:抚摸猫咪的皮祖,安抚狗狗的霍比斯,余烬之主哈巴尼亚,尘埃之主小赞比伯,坐在火焰中心焚毁木材的老格里鲍——这些都是家神,不住在佩加纳。他们无人能及罗恩。

还有炊烟之主基罗洛古,他把炉灶里的浓烟送上天,如果烟雾能抵达佩加纳,诸神就会说:"基罗洛古在地球上干得不错!"仅此,基罗洛古就心满意足了。

所有家神都十分低微,有些甚至还比不上人类。但炉灶旁有了他们就会顺心许多。人们经常向基罗洛古祷告说:"在您把炊烟送上裴伽时,请顺便把我们的祈愿也带给佩加纳诸神。"听见人们的请求,基罗洛古十分高兴,他把自己越拉越长,最终成为一道细长的灰影,将手臂举过头顶,把他的仆人——炊烟,送往佩加纳。如此一来,或许佩加纳诸神就会知晓尘世的凡人在祷告了。

贾比木是破烂之主,他坐在屋子背后,为丢弃之物哀悼。他哀悼那些破烂,一直到世界终结,除非有人来修补那些残破之物。有时,他也会坐在河边,对着那些漂流物哀叹:逝者如斯夫。

贾比木是个善良的神,怜惜所有丢弃之物。

还有暮霭之主特立布吉,影子都是他的孩子。他坐在远离哈巴尼亚的角落里,从不说话。当哈巴尼亚睡去,老格里鲍也眨了一百次眼,混淆了木柴和灰烬——这时,特立布吉就让他的孩子们,在屋子里活蹦乱跳,在墙壁上嬉戏舞蹈,却从来不会惊扰寂静。

当光明重回大地,黎明从佩加纳沿着大道舞动着降临,特立布吉就缩回角落里。他的孩子们依偎着他,就像从来不曾在屋里起舞一般。哈巴尼亚和老格里鲍的仆人们过来,将家神们从炉灶里唤醒。皮祖和霍比斯开始撩猫逗狗,基罗洛古也向佩加纳伸出手臂。只有特立布吉恭默守静,他的孩子们已然熟睡。

而当黑夜来临,在属于特立布吉的时间里,寂静之主黑侍从森林潜行而来。蝙蝠是他的孩子,它们虽然违逆的父亲的命令,不过声音却极为轻微。黑侍让万籁俱寂,命令老鼠和其他在夜间窸窣的生物闭嘴,只有蟋蟀不服从。但黑侍给它施了咒语,让它在嘶鸣一千次后,声音就杳不可闻,化作寂静的一部分。

在让所有的声音都寂灭之后，黑侍就向大地深深鞠躬。随后，尤哈涅斯－拉哈伊便足不出声，走进房间。

然而，远在黑侍来处的森林里，夜声之主沃霍恩，从巢穴中苏醒，并在森林里潜行，查看黑侍是否真的离开。

在某些草甸里，沃霍恩放声呼叫，让整个夜晚都听到，是他！沃霍恩此刻已盘踞整座森林。于是，野狼、狐狸、夜枭以及诸多野兽，都放开喉咙，为沃霍恩欢呼。虎啸狼嚎、鸟哭猿啼，此起彼伏，响彻黑夜，就连树叶都心旌摇曳，簌簌作响。

13. 家神的叛乱

在比记忆中的传说还要早以前，平原上流出三条大河，他们的母亲是三座灰色的山峰，父亲是风暴。他们的名字是艾美斯、扎内斯和塞加斯特昂。

艾美斯是牛群的福音。扎内斯俯首为人类负轭，将木材从高山丛林中运送出来。塞加斯特昂为牧童吟唱古老的歌谣；吟唱他在孤寂峡谷里度过的童年；吟唱他如何从山腰腾跃而下，不辞遥远去看世界；吟唱他终有一日会抵达大海之事。他们是平原的河流，平原为之欢喜。然而，老人们的父辈从祖先们那里听说，这三条河流之主，曾反叛诸神制定的世界秩序。他们从自己的流域泛滥而出，合而为一，淹没城市，残害人命，还宣告："现在我们也在做着诸神的游戏,杀人取乐。我们比佩加纳诸神更为伟大。"

于是,整个平原都被洪水淹没,水一直涨到山上。

于是,艾美斯、扎内斯和塞加斯特昂坐在群山之巅,在听从他们的叛乱的河流上方挥舞着手。

但是人类的祈祷上达佩加纳,在诸神耳边哭诉:"有三位家神屠杀我们取乐,还自诩比佩加纳诸神更伟大。他们还用人命来玩诸神的游戏。"

佩加纳诸神怒发冲冠,却无法消灭三条河流之主。他们身为家神,虽然地位低微,却也是不朽之神。

三个家神仍然在河流上挥舞着手,洪水继续肆虐,激流也发出愈发响亮的声音,叫嚣道:"难道我们不是艾美斯、扎内斯和塞加斯特昂吗?"

于是,蒙戈降临阿非利加的废土,来到喷吐着炙热的干旱之神乌博尔面前——他正坐在沙漠的岩石上,贪婪地抓取着人类的遗骸。

蒙戈站在他面前,乌博尔干涸的胸膛翕张起伏,喷吐的炙热烘烤着树干和枯骨。

蒙戈说:"乌博尔,我的朋友!我请你找艾美斯、扎内斯和塞加斯特昂,在他们面前狞笑,直到他们认识到反叛佩加纳诸神,是多么不明智之举。"

乌博尔说:"我是蒙戈的鹰犬爪牙。"

Sidney Herbert Sime (1865-1941), The Gods of Pegana, Mung And The Beast Of Mung, 1911
西德尼·赫伯特·森姆(1865年—1941年),佩加纳诸神,蒙戈与蒙戈的鹰犬爪牙,1911年

乌博尔来到面朝洪水的山丘上，蹲下来朝着水对面的叛神者狞笑。

每当艾美斯、扎内斯和塞加斯特昂朝河流伸出双手，就会看见乌博尔在眼前狞笑。那狞笑如炼狱中的死亡，他们不得不掉头而去。洪水陆续消退。

乌博尔狞笑了三十天，直到洪水退回河道，河流之主们躲回家里，他还坐在那儿狞笑不止。

于是，艾美斯只能藏匿在巨石后的深池里，扎内斯钻进森林深处，塞加斯特昂卧倒在沙滩上延口残喘——乌博尔还是狞笑不止。

艾美斯形销骨立，被人忘却，平原上的人说："这儿曾有一条艾美斯河。"扎内斯丧失了引河入海的气力。塞加斯特昂躺着的时候，竟然有一个人从他身上跨过。塞加斯特昂哀叹道："我竟然接受了人的胯下之辱，亏我还曾自以为比佩加纳诸神还要伟大。"

于是，佩加纳诸神说："就这样吧，我们是佩加纳诸神，无人可以比肩。"

蒙戈把乌博尔送回了阿非利加的荒野，让他继续在岩石上喷吐炙热、烘烤沙漠。阿非利加的印记烙在那些幸存者的脑海里。

于是，艾美斯、扎内斯和塞加斯特昂又恢复了歌唱，再度行走在他们昔日的路上，只跟鱼和青蛙玩生死游戏。他们再也不敢妄自尊大，效仿佩加纳诸神，游戏人间生灵。

14. 关于多罗兹汉德

（终结守望者）

　　栖坐在熙攘的众生之上观望，多罗兹汉德注视将来之事。

　　多罗兹汉德是命运之神。被多罗兹汉德之眼所瞩目者，将一往无前走向终结，绝不停留；他会化作多罗兹汉德的离弦之箭，射向自己看不见的标靶——多罗兹汉德的目的地。多罗兹汉德的视野，超越了人类思维的极限，也超越其他诸神的眼界。

　　命运之神选定了奴仆，驱使他们向他所愿之地前进。他们既不知其所向也不知其所以然，只能觉察到他在身后的鞭策，或耳闻其在前方的召唤。

　　多罗兹汉德心怀宏图大志，因此，他教人们自强不息，诸界无人有片刻放松或停留。于是佩加纳诸神互相打听："多罗兹汉德欣然所为之事究竟是什么呢？"

　　多罗兹汉德不仅照看人的命运，就连佩加纳诸神的命运，也凭其意愿安置。这已经被记录在案并广为流传。

　　佩加纳诸神心怀隐忧，因为他们曾见过自守望诸神的多罗兹汉德的眼中，流露出的一个眼神。

　　诸界存在的原因和目的，就是在诸界中衍化生命。而生命则是多罗兹汉德达成目的的用具。

因此，诸界运行，江河入海，生命蓬勃又消亡，佩加纳诸神各司其职——都是为了多罗兹汉德。等多罗兹汉德目的实现，诸界就不再需要生命，次级神祇们也无需游戏。之后，基伯就会蹑足而行，抵达佩加纳的最高处——马纳－尤德－苏夏伊的沉睡之处，崇敬地触碰那创造诸神的手，说："马纳－尤德－苏夏伊，您睡得太久了。"

马纳－尤德－苏夏伊会说："不算太久，只是神明的五十个轮回，而每一个轮回不过相当于你们创造诸界之内的凡人的一千万年而已。"

当诸神发觉马纳知晓他们在他沉睡时创造了诸界，他们惶恐不安。他们会说："并非如是，诸界是自行演化而来的。"

马纳－尤德－苏夏伊略感不快，像所有人对待烦扰那样，轻轻挥了挥手——那创造诸神之手——诸神就化为乌有了。

那时，北方有三个月亮，高悬于北极星之上，不盈不亏，凝望北方。

或者，彗星将停止探寻，不再逡巡各界，就像探索者终有所得后，解甲休士。彼时，终结已至，马纳－尤德－苏夏伊——那亘古沉睡的至高存在，将从沉睡中苏醒。

随后，时光不再流转，那些消逝的岁月将从彼岸归来。曾为之哭泣的我们，将于过往重逢，就像就别离家的游子回乡，忽然见到那些不曾忘怀之物。

因为无人知晓亘古沉睡的马纳，究竟是严酷还是慈悲，或许他会心怀怜悯，那么这些事就将如是发生。

15. 荒野之眼

博德拉罕,商路尽头的城市,关外有七个沙漠,无人能够穿越。第一个沙漠里,能见到强悍旅人自博德拉罕而来的足迹,尚有些返回的印记。而在第二个沙漠里,只有出发的足迹,无人返回。

第三个沙漠无人涉足。

第四个是荒沙之漠,第五个是尘埃之漠,第六个是石砾之漠,第七个是混沌之漠。

在博德拉罕关外,辽远的混沌之漠中心,矗立着远古先人在活着的山上刀削斧劈出来的雕像,其名为拉诺拉达——荒野之眼。

在拉诺拉达的底座上,环绕着一些比河床还要宽阔的神秘文字:

致全知之神

既然第二个沙漠以外,荒无人烟,而关外的七个沙漠内亦无水源。因此,不可能有人抵达荒山凿刻雕像,拉诺拉达显然是出自诸神之手。在博德拉罕,所有商旅和驼队的终点,人们传说诸神曾在沙漠里整夜挥动刀斧,在活着的山上凿出拉诺拉达。他

Sidney Herbert Sime (1865-1941), The Gods of Pegana, Ranorada, 1911
西德尼·赫伯特·森姆 (1865年—1941年), 佩加纳诸神, 拉诺拉达, 1911年

们还说，拉诺拉达是照着那位叫胡德拉宰的神雕刻的。胡德拉宰知晓了马纳－尤德－苏夏伊的秘密，知晓了创造诸神的缘由。

人们说，胡德拉宰独立在佩加纳之外，从不开口交谈，因为他知晓了那件对诸神隐瞒的事。

因此，诸神在荒芜之地，将他的形象雕成孤独而沉默的思考者——荒野之眼。

人们还说，胡德拉宰曾听过马纳喃喃自语，参悟其深意，便得了真知。他本是一位欢笑和喜悦之神，但自从觉悟之后，就变成了一位沉郁的神，如同他的雕像般，守望着渺无人烟的荒漠。

但在夜晚，当骆驼们歇息后，那些坐在博德拉罕的市集上，听老人讲故事的赶驼人会说：

"倘若胡德拉宰真是因睿智而伤悲，那么不如开怀痛饮，让美酒把智慧驱赶到关外的荒漠里吧。"于是，在这座商旅尽头的城市中，人们纵情饮酒，彻夜欢歌。

这些都是商队从博德拉罕归来后，赶驼人讲述的。但是有谁会相信赶驼人从遥远城市的老人口中，转述而来的故事呢？

16. 关于非神非兽之物

只因先知亚丁自出生起，就被诸神诅咒要去探求智慧，而城市中没有智慧，智慧里没有幸福，所以亚丁跟随商队去了博德拉罕。当夜色降临，骆驼歇息；白日的风退回沙漠，在棕榈丛里对停留的商队作最后的告别；他让风带着他的祈祷进入沙漠，呼唤胡德拉宰。

他的祈祷随风呼唤："为何诸神不朽？为何造化弄人？为何斯卡尔鼓声不息？为何马纳永久沉睡？"七个沙漠以回声应答："谁知道呢？谁知道呢？"

暮色之中，拉诺拉达的庞然身影，耸立在七个沙漠的彼岸。他的祈祷在夜间被听闻，自荒野的边缘——祈祷飞去的地方，飞来三只火烈鸟。它们每次挥动翅膀，就呼喊："向南行，向南行！"

当它们飞过先知时，看起来如此自由，在沙漠让人炫目的灼热下，愈发显得清凉，使他不禁展开双臂，追随那洁白的巨翼，惬意而幸福地翱翔。于是，他跟随三只火烈鸟在大漠上空，清爽的空气里飞行，它们的声音还在他前面呼唤着："向南行，向南行！"而他下方的沙漠，则轻声嘀咕："谁知道呢？谁知道呢？"

有时，大地向他们探出高峰，有时又下落成陡峭的峡谷。他们飞行途中经过的蓝色河流向他们歌唱，与世隔绝的果园让风送来微弱的歌声，远方的大海也在为那些早已被遗忘的岛屿高唱挽歌。可是对他们来说，上述所有皆无意义，整个世界只有"向南行"这唯一的事。

仿佛是南方在召唤他们前往，他们就前往。

然而，先知发现他们已越过大地的边界，月亮高悬在辽远的北方。他这才恍然，自己追随的并非凡鸟，而是胡德拉宰的奇异信使。它们的巢，就筑在佩加纳诸神所居的群山之下的峡谷里。

他们继续向南飞,飞越了诸界,把它们甩在身后的北方。直到只剩下阿拉克赛斯、扎德瑞斯和海拉格里奥。在那儿,伟大的因加兹是仅有的一点亮光,而尤星和米多星,早已消失在视线之外。

他们持续向南,直到穿过南方本身,抵达诸界边缘。

那儿没有南方,也没有东方和西方,只有北方和彼岸:诸界所在的北方,和静默所在的彼岸。世界的边界,堆放着诸神创世所剩的巨大石头,石头上坐着特罗古尔。特罗古尔非神非兽,不吼不喘,它只是翻着一部庞然巨著——一页黑、一页白,一黑一白,以此类推,直至终结。

一切将来之事已写在书里,一切已发生之事也是如此。

它翻到黑页,就是夜晚;他翻到白页,便是白天。

因为书里写下诸神——于是便有了诸神。

书里也写了你我之事,从某一页开始,直到不再出现我们的名字为止。

在先知观察特罗古尔时,它又翻过了一张黑页,于是黑夜结束,白日照亮诸界。

在万千个国度里,特罗古尔有万千个名字。它就是栖于诸神身后之物,它的书就是《万物纲纪》。

但是,当亚丁看到逝去的旧时光,被掩藏在那些已被翻过的书页里时,便知晓那写着亡者之名的书页,已经被永远翻过去,埋藏在成千上万的书页之下。他向特罗古尔当面祈求,向只知翻

Sidney Herbert Sime (1865-1941), The Gods of Pegana, It, 1911
西德尼·赫伯特·森姆 (1865年—1941年), 佩加纳诸神, 它, 1911年

页、从不应求的特罗古尔祈求:"请求你翻回那写着亡者之名的一页吧,若如此,在遥远的地球上,会有一小群人赞颂特罗古尔之名。因为远方的确有一处名为地球,的确有人群会向特罗古尔祈祷。"

于是,只知翻页、从不应求的特罗古尔开口了,就像是荒野在回声消弥的夜里暗自呢喃:"纵使南方的旋风,能以其利爪拉扯住已翻过的书页,却也绝不可能将它重新翻回。"

然后,就像书里写的那样,亚丁醒来后,发现自己躺在沙漠里。有人给他灌了水,把他驮上骆驼,送回了博德拉罕。

有人说,亚丁只是在沙漠的石林里游荡时,因脱水产生了幻觉。但博德拉罕的一些老人说,世界的某处,确有一非神非兽之物栖坐,其名为特罗古尔,它一页页翻着书,一黑一白,一黑一白……直至它翻到这些字:马伊-杜恩-伊扎恩,意为永恒终结。

然后,书、诸神和诸界便不复存在。

17. 先知尤纳斯

尤纳斯是第一位向人传道解惑的先知。

以下就是尤纳斯,第一位人类先知的话:

诸神佩加纳之上。

一日,我入睡后,梦中,佩加纳触手可及,被诸神充盈。

我见身边诸神，如见寻常之物。

唯独不见马纳－尤德－苏夏伊。

就在那时，在我梦中的时辰，我觉醒了。

这时我所知的起始与终了，亦是我所知的全部——人一无所知。

你可在夜里去寻找黑暗的边际，亦可在山中去寻找彩虹的源头，切莫寻找诸神创世之因。

诸神在未来之事的远处布设光明，在人的眼中，它们比现有之物更加美妙。

于诸神而言，未来之事和现有之物别无二致，在佩加纳万物恒常。

诸神并非善类，但也非奸恶之辈。他们摧毁往日，却让未来荣耀。

人必须忍耐现在，而诸神留下无知作为补偿。

切莫求知。追寻会让你疲倦，劳顿损伤，最终回到原点休憩。

切莫求知。即便是我，尤纳斯——最初的先知，也忍受着智慧的经年负累，劳损于求知。而我所求得的，只是人一无所知而已。

曾经，我寻求万物真解。如今，我所知者不过一事，而时光也终要将我磨灭。

我的求索之路——我的上下求索之路上，必将在尤纳斯离开以后，被更多人踏上。

切莫踏足此路。

切莫求知。

以上就是尤纳斯的箴言。

18. 先知余格

当时光带走尤纳斯，尤纳斯作古，人类之中便不再有先知。

可人类依然求知若渴。

他们对余格说："你来当我们的先知吧，通晓万物，并告知我们万物如是之因果。"

于是余格说："我无所不知。"人们欢欣鼓舞。

余格说，一切起源于余格的花园，终结于余格的视界。

人们弃忘了余格。

一天，余格见到蒙戈在群山之后结出死亡之印。于是余格不再是余格。

19. 先知艾尔西瑞斯－霍特普

当余格不再是余格，人们对艾尔西瑞斯－霍特普说："你当我们的先知吧，像余格一样睿智。"

于是，艾尔西瑞斯－霍特普说："我像余格一样睿智。"人们欢欣愉悦。

艾尔西瑞斯－霍特普如此断言生死："这些都是艾尔西瑞斯－霍特普掌管的事务。"于是人们就向他献礼。

一天，艾尔西瑞斯－霍特普写下："艾尔西瑞斯－霍特普无所不知，因为他曾和蒙戈闲谈。"

蒙戈从他背后走出来，结出死亡之印，说："艾尔西瑞斯－霍特普，你现在还是无所不知吗？"刹那之间，艾尔西瑞斯－霍特普就成了逝去之物。

20. 先知卡波克

当艾尔西瑞斯－霍特普逝去后，人类仍然渴望求知。他们对卡波克说："让你像艾尔西瑞斯－霍特普一样睿智吧。"

于是，不论在卡波克自己眼里，还是他人眼里，卡波克都已变得睿智了。

卡波克说："蒙戈是否对人结出死亡之印，听从卡波克的意见。"

他对一人说："你冒犯了卡波克，蒙戈将对你结印。"他对另一人说："你向卡波克敬献礼物，蒙戈不会对你结印。"

一天晚上，卡波克正在享用人们献给他的礼物，他听到了蒙戈的脚步声，从他家屋外的花园里传来。

那天晚上异常安静，蒙戈并未听从卡波克的意见，居然就围着他的房子散步，卡波克感到非常诡异。

由于夜深人静，蒙戈的脚步十分响亮，而全知的卡波克却不知道蒙戈身后藏着什么，这让他无比恐惧。

然而，等天亮后，光明普照，蒙戈已经离开了花园。卡波克忘记了自己的恐惧，说："在花园里走过的，可是一群牛吧。"

卡波克继续尽责，通晓万事万物，把它们教授给人们，并轻视蒙戈。

但是当晚，蒙戈再次来到卡波克的花园散步。蒙戈站在窗前，像一道耸立的影子，以便让卡波克知道那的确是蒙戈。

巨大的恐慌扼住了卡波克的咽喉，让他的嗓音变得嘶哑，他喊道："你是蒙戈！"

蒙戈轻轻点头，继续在夜色中绕着卡波克的房子，在花园里散步。

卡波克躺下来听着，惴惴不安。

但当白昼降临，光明再次普照人间，蒙戈离开了卡波克的花园，不再散步。有那么一小会儿，卡波克重新有了希望，但还是对第三晚的来临心怀畏惧。

等到第三晚，蝙蝠归巢，树静风停，夜晚十分静寂。

卡波克躺在床上侧耳倾听，黑夜之翼宛若蜗行。

然而，直到夜晚与白昼在佩加纳和诸界之间的大路上相遇，蒙戈的脚步声才在花园里响起，并朝着卡波克的房门走去。

卡波克像逃亡的猎物般，飞也似的逃出房子，扑倒在蒙戈面前。

蒙戈结出了死亡之印，指向终结。

于是，卡波克终于摆脱了恐惧的困扰，只因那些恐惧跟他一样，都已尘埃落定。

21. 海边的于恩－伊劳拉的不幸，及日暮之塔的建造

当卡波克与其恐惧形神俱灭，人们开始寻找一个不怕蒙戈的先知，因为蒙戈总是对先知结出死亡之印。

终于，他们找到了于恩－伊劳拉。他是一位牧羊人，对蒙戈毫不在意。人们把他带进城，如此一来，他就可以做他们的先知了。

于恩－伊劳拉修筑了一座高塔，面朝大海，正对着日落的方向，人们称之为日暮之塔。

白昼将尽时，于恩－伊劳拉登上塔顶，面对落日，痛斥蒙戈。他大喊道："蒙戈，你一手遮天，人们对你恨之入骨，却因惧怕而不得不叩拜你。但是此时此地站着一个不怕你的人，正在对你讲话。你这谋杀与黑暗的凶手，可憎而残忍，想对我结出死

亡之印就来吧！不过在我死去之前，我的嘴巴不会停止对蒙戈的诅咒。"高塔之下的街巷里，人们惊讶地仰望着于恩-伊劳拉——这个不怕蒙戈的人，并向他敬献礼物。只是夜幕降临后，他们回到家中，又敬畏地向蒙戈祷告。而蒙戈问："凡人能辱骂神吗？"

于是，蒙戈就不去接近在面朝大海的高塔上，连番怒斥他的于恩-伊劳拉。

西逝在世界各地抛弃时间，他荒废了那些曾贴心侍候他的时光，从世界之外的永恒荒漠里召唤出更多的时间，驱使它们攻击万物。因为蒙戈对于恩-伊劳拉置之不理，西逝就给他的鬓发添上霜雪，让他的高塔爬满藤蔓，让他的身躯疲乏无力。

对于恩-伊劳拉来说，西逝比蒙戈更让他无法忍受，他终于停止了在日暮之塔上对蒙戈的斥责。直到有一天，基伯的馈赠给于恩-伊劳拉带来了沉重的负担。

而后，于恩-伊劳拉登上日暮之塔，开始呼唤蒙戈："哦，蒙戈！哦，诸神中最可爱的神！蒙戈，最让人期盼的！您的死亡恩赐是人类最珍贵的宝藏，予以人安详、休憩与静默，入土为安。基伯赐予的全都是辛劳和烦恼，西逝攻击世界的时时刻刻都在播种悔恨，尤哈涅斯-拉哈伊早已不再前来，林庞-滕恩也无法为我带来欢乐。当一个人被诸神抛弃，唯一能依靠只有蒙戈。"

但蒙戈问："凡人能辱骂神吗？"

每一天，于恩-伊劳拉日以继夜地大声呼喊："啊，为了众生哀悼的时刻，为了美丽的花环和泪水，为了潮湿黝黑的土壤。

啊，为了青草下的沉睡——那里有树木坚实的足紧抓着大地，没有罡风吹袭我的骸骨，雨水带着暖意淅沥落下，却没有风暴随行；在那儿，骸骨在黑暗中安闲地化为碎片。"在年少无知时辱骂过蒙戈的于恩－伊劳拉，如今夜以继日地祈祷，可蒙戈视若无睹，充耳不闻。

在日暮之塔的废墟上，躺着已化为枯骨的于恩－伊劳拉。不时仍有刺耳的尖叫随风而起，祈求蒙戈的善心——如果蒙戈真有善心的话。

22. 诸神如何毁灭西迪斯

西迪斯山谷遭逢大难。瘟疫已经蔓延三年，在三年之末到来的是饥荒。更糟糕的是，战争也即将来临。

在西迪斯的各处，时刻都有人殒命。而在除却太一以外（因无人可对马纳－尤德－苏夏伊祈祷），供奉着诸神的万神殿里，祭司们夜以继日地祈祷。

他们说："正如人可以对蜂鸣声充耳不闻很久，诸神也许并未注意到我们的祈祷，需要长时间重复才可能有效。当长久的祈祷惊扰了寂静，或许会有某位神，在漫步于佩加纳的林中空地时，会遇见一个我们那些遗失的祈祷。它扑簌簌地颤动着，就像风暴中断翼的蝴蝶，扑倒在神的面前。如果神足够慈悲，或许会抚慰西迪斯的恐慌；如果神暴虐，就会摧毁我们——那我们就再也不用为西迪斯的瘟疫、饥荒和战争而恐惧、苦恼了。"

然而，到了瘟疫的第四个年头——饥荒的第二年，战争仍然没有全面爆发，所有西迪斯人都聚集在万神殿门前，可是神殿除了祭司，旁人不能擅入，只能把献礼放在门前离开。

人们在神殿门前高呼："除太一以外的诸神的大祭司、基伯的祭司、西逝的祭司、蒙戈的祭司、多罗兹汉德奥秘的讲述者、群众献礼的接受者、祈祷之主，你们在太一以外的万神殿中做什么呢？"

大祭司阿布－林－哈迪斯回答："我们在为众生祈祷。"

然而人们说："除太一以外的诸神的大祭司、基伯的祭司、西逝的祭司、蒙戈的祭司、多罗兹汉德奥秘的讲述者、群众献礼的接受者、祈祷之主，您和这帮祭司们祈祷了四年之久，与此同时，我们一边献礼一边死去。既然诸神在过去四年的严酷岁月里从未听到你们的声音。那么从现在起，在他们把雷霆驱赶到阿格里诺峰的草场时，你们必须把西迪斯人的祈祷带到他们面前。否则神殿前将不再有献礼，你和你的人就吸风饮露吧。

"到时，你们就当面告诉他们：哦，除太一以外的诸神、诸界之主、日蚀之祖，请把你的瘟疫带走吧，你们玩弄西迪斯人玩弄得太久了，西迪斯人已经受够你们。"

大祭司惊慌失措地问："要是诸神震怒，毁灭西迪斯怎么办？"

众人回答:"民不畏死,奈何以死惧之?相较于在瘟疫、饥荒和即将爆发的战争中饱受折磨而死,不如死个痛快。"

当晚,西迪斯境内最高的阿格里诺峰上电闪雷鸣,众人把阿布-林-哈迪斯从神庙里赶出来,送到阿格里诺峰,并告诉他:"除太一以外的诸神,今晚都在山上散步。"

阿布-林-哈迪斯颤颤巍巍地走向诸神。

次日清晨,阿布-林-哈迪斯从阿格里诺峰回来,形容憔悴,惊恐不已。他对众人说:"诸神严峻如铁,守口如瓶,没有给人类任何希望。"

众人说:"你应该去找马纳-尤德-苏夏伊——那无人可对他祈祷的神明,你应该去黎明之前屹立在寂静中的阿格里诺峰的顶峰找他,那里万物安眠,马纳-尤德-苏夏伊必然也在沉睡。你找到他,对他说:'你制造出的那些万恶的神,他们正在摧毁西迪斯'。或许他已经忘记了他制造的诸神,或许他从未听过西迪斯。可是你既然能从诸神雷霆下逃脱,也必然能从马纳-尤德-苏夏伊的寂静里逃离。"

一天早上,天明水净,万籁俱寂。阿格里诺峰比世界还要宁静。在众人的催促下,阿布-林-哈迪斯惴惴不安地攀上阿格里诺峰的山坡。

一整天,人们都见他在往上爬。夜里,他在接近山顶的地方休息。第二天早上,早起的人看见他身处一片寂静中,就像是蓝天上的一个小点。他在峰顶向马纳-尤德-苏夏伊伸出双臂,然而转瞬之间，就消失得无影无踪。从此，世上再无人见过这位胆敢惊扰马纳－尤德－苏夏伊的人。

如今，人们提到西迪斯，都传说那山谷里的人，在经历瘟疫和饥荒以后，脆弱不堪，被一个强悍的部落所灭。山谷里矗立着一座神殿，供奉着除太一以外的诸神，只是神庙里没有大祭司。

23. 恩伯如何成为阿拉迪克除却太一以外的诸神的大先知

恩伯将要成为阿拉迪克的大先知，侍奉除却太一以外的诸神。

全世界的大先知从阿德拉、罗德拉和诸多遥远之处赶来，聚集在阿拉迪克万神殿。

在那里，他们告诉恩伯，万物的奥妙就书写在玉宇琼楼高远的穹顶之上，字迹模糊，且用的是一种莫名的语言。

午夜，在日落与日出之间，他们引领恩伯进入玉宇琼楼，齐声对他咏唱："恩伯，恩伯，恩伯，看那穹顶，写着万物的奥秘，字迹模糊，语言无人能懂。"

恩伯抬头望去，也许是夜色过于浓重，恩伯比不上那些从阿德拉、罗德拉和其他远方赶来的大先知，他在夜幕中一无所见。

大先知们问："恩伯，你看到了什么？"

恩伯说:"我无所见。"

大先知们又问:"恩伯,你知道了什么?"

恩伯回答:"我无所知。"

那位侍奉除却太一以外的诸神的大先知,也是人间第一位先知说道:"啊,恩伯,我们彻夜仰望,寻求万物之谜;而它如此晦暗,字迹模糊,语言陌生。可是现在,你已经对一切大先知通晓之事了然于胸。"

恩伯说:"我了然于胸。"

于是,恩伯成为阿拉迪克的大先知,侍奉除太一外的诸神,为众生祈祷。人们并不知道,楼宇漆黑如墨,奥秘模糊不清,无人读懂。

以下是恩伯为使人们知晓而写在书里的话:

"在第九百个月的第二十夜,当夜幕笼罩山谷,我一如既往,在神殿中为每位神祇举行专属的神秘仪式,唯恐某位神祇不顺心,在夜晚将我们摧毁于睡梦中。

"当我说出某段神秘咒语的最后一个字时,因疲倦而睡倒在神庙里,头靠在多罗兹汉德的祭坛上。当我正睡时,在寂静中,多罗兹汉德化身为人的模样进入神殿,他触碰了我的肩膀,我就醒来了。

"尽管他化身为凡人,我还是通过那双闪耀着蓝光、照亮整个神庙的眼睛,认出他是一位神祇。多罗兹汉德说:'多罗兹汉德的先知,来看看人类可以知晓的事。'他向我展示了西逝之路，那条路延伸到悠远的未来。随后，他命令我站起来，跟随他的方向——他未发一言，可眼睛已经发号施令。

"因此在第九百个月的第二十夜，我同多罗兹汉德一同走在西逝之路上，顺时而行，迈向未来。

"道路两旁，人类相互屠戮，因此殒命的人，多过任何一次神罚。

"城池拔地而起，楼宇化为尘埃，沙漠收复旧地，覆灭惊扰安眠之物。

"人类自相残杀，永无休止。

"最终，我抵达了这样一个时代，人类不再靠牛耕马拉，而是制造了钢铁巨兽。

"自此以后，人类用毒雾屠杀人类。

"而后，杀戮已经无法满足人类之贪欲，于是和平降临，人类不再互相屠戮。

"城市扩张，征服沙漠，攻陷宁静。

"忽然，我看到终结临近。因为在佩加纳之上，太一躁动，他厌倦了沉睡。我看见时间的猎犬俯下身体，眼睛盯着诸神的咽喉，逐一扫视，随时准备扑杀。因为斯卡尔的鼓声变得微弱。

"我看见多罗兹汉德面露惊惧，神也会害怕。他抓住我的手，沿着西逝之路，溯时而返，阻止我见到终结。

"于是，我便看到城池起于尘埃，又崩塌于其拔地而起的沙漠中。我又睡在万神殿中，头依靠着多罗兹汉德的祭坛。

"随后，神庙再度辉煌，不过并非由多罗兹汉德的目光点亮；而是因为东方既白，天空湛蓝，晨光穿过神殿的拱门照射进来。然后我醒来，在神殿中为每位神祇做了专属的清晨仪式，唯恐某个神明不快，在白天带走太阳。

"于是我便知晓，我曾距终结如此之近，都未能目睹；因此尘世的凡人更不可能目睹终结，也不可能知晓诸神的末日。这些已被诸神隐匿。"

24. 恩伯如何遇见佐德拉克

诸神的先知躺在水边，看逝者如斯。

躺着的时候，他思考《万物纲纪》和诸神职责。当诸神的先知看着逝水时，他觉得《万物纲纪》放之四海皆准，诸神宽厚仁慈。然而，世上却仍有悲伤和痛楚。基伯慷慨大方，蒙戈吊死抚伤，西逝并未让时间吹毛求疵。诸神乐善好施，诸界却悲声载道。

诸神的先知看着逝水，说："一定还有什么别的神祇尚未记载。"

忽然，先知看见一位老人在河畔长吁短叹："唉！唉！"

岁月在脸上刻下满面沧桑，而他体内却孕育着生机。以下是先知写在他书里的话：

我问他："在河边悲叹的人你是谁？"

他回答："我是愚人。"

我说："你的眉间刻有睿智的印记。"

那人说："我是佐德拉克，成千上万年前，我在一座延伸到大海的山上牧羊，诸神思绪万千。几千年前，诸神心情舒畅，他们说：'让我们召唤一个人到跟前，这样我们或许会在佩加纳大笑。'

"于是，他们看向我的眼神不仅看到了我，也看到了初始和终结，看到了诸界。然后诸神就以神的语气说：'去吧，去放你的羊。'

"而我这个笨蛋，曾在人间听说：谁要是在佩加纳见到诸神，只要当面向他们提要求，就能变得和诸神一样。因为诸神不可杀死那些曾直视他们眼睛的人。

"于是我，这个笨蛋就说：'我曾直视诸神之眼，作为一个在佩加纳见过诸神的人，我向诸神提出我的正当请求。'诸神点头作答。胡德拉宰说：'这的确是诸神的法则。'

"而我，作为一个牧羊人，怎么知道提何要求呢？

"于是我说：'我要让众生富裕。'诸神问：'何为富裕？'

"我又说：'我要给予他们爱！'诸神问：'何为爱？'我给人间送去金子。唉！同时我也送去了贫苦和纷争。我给世界送去爱，同时也送去了悲伤。

"现在，我把金子和爱悲哀地混在一起，我永远无法补救我之所为。诸神所作已成定局，覆水难收。

"然后，我说：'我要给人类知识，让他们愉悦。'而那些得到知识的人却突然发现自己一无所知，以往神采飞扬的人如今灰心丧气。

"我本想让人们快乐，却让他们忧伤，我搞砸了诸神美好的筹划。

"现在我的手永远扶着诸神的犁柄。我只是一个牧羊人，怎会想到呢？

"现在我来到河边休息的你面前，请求你的原谅，因为我渴望得到一个人类的原谅。"

于是我说："噢，七重天的主人，风暴之父，人可以原谅神吗？"

他说："自从我加入诸神议事会，人类从未像诸神辜负人类那般亏欠诸神。"

于是，作为诸神先知的我说："噢，七重天的主人，雷霆于你如玩物，你已位列诸神，何须人的言语。"

他说："诚然我已位列诸神，诸神与我交谈的方式，与他们相互之间交流方式一样。然而，他们的嘴角总是带着微笑，眼神里总有一种异样——'你曾是一个人'。"

我说："噢，七重天的主人，诸界在你脚下渺如流沙，可是您却请求我，那么我——一个人，原谅您。"

于是他说："我当时只是个牧羊人，无法预料啊。"说完，他就走了。

25. 佩加纳

诸神的先知向诸神呐喊:"太一以外的诸神呐,被造化玩弄的人类想知道,当蒙戈对人类结出死亡之印后,生命将归于何处?"

诸神的声音从迷雾中传来:

"纵使野兽能听懂人话,你尽管把你的秘密告诉它们,但诸神不会把生命的奥秘透露于你。否则神、人、兽将不分轩轾,混为一谈。"

当晚,尤哈涅斯-拉哈伊来到阿拉迪克,对恩伯说:"你为何总想探寻诸神秘不示人之密呢?

"若风停息,风将何往?

"若你身死,你将何在?

"风何患停息之时,你又何必在乎魂归何处?

"人生百年,刹那永恒。

"永恒如此短暂,你若身死,永恒即消逝,永恒之后,你又重生。你会说:'我只不过瞑目须臾。'

"你生之前,你死之后,皆为永恒。你如此畏惧你逝去之后的无尽,可会忧虑你生之前的亘古?"

先知说:"我将如何对众生讲出诸神不示人之密、先知不知之谜？既然如此，我将不再是先知，他人将取代我，接受众人顶礼。"

于是恩伯对众生说，诸神回答我说："哦，恩伯，我们的先知。正如那些发现诸神的秘密的智者所相信的那样，他们死后会来到佩加纳，与诸神同在。在那儿，只有欢乐，没有劳苦，不稼不穑，坐享其成。佩加纳是一纯白之地，诸峰突起，每座山峰上，都栖居着一位神祇。人在世界上最崇敬哪个神，他就住在哪位神明的山脚下。那里有让人超乎想象的音符，从诸界所有果园的芬芳中飘来，某处尚有人吟唱着似曾相识的古老歌谣。在那儿，花园阳光普照，碧空如洗，河流不迷失于海。在那儿没有风雨，也没有追悔，只有佩加纳最高处怒放的玫瑰，如阵雨般洒落在你脚边；只有在遥远到被遗忘之处，那些在你童年时为你欢呼的声音，回响在你青春的花园里。倘若你因听到这无法忘怀的声音而叹息尘世沧桑，那么诸神将向你派去展翼天使，抚慰已在佩加纳的你。诸神将对天使们说：'那儿有人因忆起尘世而叹息。'于是天使们会为你让佩加纳更为迷人，还会握着你的手，在你耳边轻语，直到你遗忘了旧日的声音。"

"除了佩加纳的百花，你降生时，屋外蔓生的玫瑰也将攀升至佩加纳。与它们同来的，还有那些曾让你心驰神往的音乐，四处回响。

"此外，当你坐在佩加纳群峰随处可见的果园的草坪上，当你聆听着让诸神也心旌摇曳的旋律时，巨大而不幸的大地在你

Sidney Herbert Sime (1865-1941), The Gods of Pegana, Pegana, 1911
西德尼·赫伯特·森姆 (1865年—1941年), 佩加纳诸神, 佩加纳, 1911年

脚下远远伸展开来。当你从极乐之处俯瞰悲伤,你一定会庆幸自己已经死去。

"而从那鹤立于群山的三座高峰——格林博尔、齐博尔、特雷哈戈博尔——之上,将吹来晨风和一日之风。这风来自诸界死去的所有蝶翼,给佩加纳和诸神带来清凉。

"一座银色的喷泉,高高地穿越佩加纳。那是中央之海的水,受到诸神的吸引,向上飞喷,越过佩加纳最高的山峰,抵达特雷哈戈博尔之上,迸发出闪亮的薄雾,笼罩佩加纳最高处,在马纳-尤德-苏夏伊的沉睡之地周围织起一层帷幕。

"在内陆山脉的一处山脚下,遥远地静卧着一个巨大的蓝色水潭。

"凡是向水中凝视者,皆会看见自己的一生光景,以及此生的所作所为。

"但无人走过水潭,也无人向潭水深处张望。因为佩加纳的所有人都受过苦、遭过罪,而这些都记录在水潭里。

"佩加纳没有黑暗。因为当夜晚征服太阳,使世界寂静,将佩加纳的洁白群峰变成灰色后;诸神蓝色的眼睛便光芒万丈,如同海上旭日东升。

"最终,在某个下午——或许是在夏天,诸神彼此交谈:'马纳-尤德-苏夏伊是何等模样?终结又是什么?'

"彼时,马纳-尤德-苏夏伊伸手拨开笼罩在沉睡之地的迷雾,说:'这就是马纳-尤德-苏夏伊的模样,这就是终结。'"

然后，众人问先知："在某处遗忘之地，难道不会有黑山环绕成山谷一样大的镬釜，釜中熔岩沸腾嘶鸣；峭壁上的山岩被翻滚到熔岩表面冒泡，随即沉底；我们的仇敌在此间永世煎熬吗？"

先知回答："在佩加纳诸神栖居的群山脚下，有大字写着：'你的仇敌已得赦免。'"

26. 恩伯箴言

诸神的先知说："在远处的路边，坐着一个伪先知。他对一切向他询问未知之日的人说：'明日国王銮驾经过时，国王必对你说话。'"

所有人都向他顶礼膜拜，伪先知的信徒，多过诸神先知的信徒。

恩伯说："诸神的先知所知如何？我只知道我和人类对诸神一无所知，对众生也一无所知。我作为先知，岂能将这些告诉他们？

"众人选择先知，难道不是为了从他那儿听到众人之希望，并且告诉他们会梦想成真吗？"

伪先知说："明天，国王会对你说话。"

我是不是该说："明天，当你在佩加纳休憩，诸神将与你交谈？"

如此，众人就会欢喜，并知晓他们的愿望会达成，因为他们相信这些话，才选择一位先知来讲出。

但诸神的先知又知道什么呢？无人对他说"你会梦想成真"；无人能在他眼前结出神秘符印，平息他对死亡的恐惧；祭司们吟唱的抚慰圣歌，唯独对他一人无用。

诸神的先知，以幸福为代价换取智慧，把自己的希望让给众人。

恩伯还说："夜里愤懑时，仰望星空，星空如此静谧——伟大之物尚如此平静，渺小的存在又岂能心怀块垒。白天忿怒时，眺望远山，观照它静谧的面容。它们如此安详矗立，你又怎能怒火中烧？

"毋对他人动怒，他们和你一样，都是受多罗兹汉德驱使，同负一轭之牛岂会互相顶撞？

"亦毋对多罗兹汉德动怒，那就像是徒手锤击铜墙铁壁。

"一切现状，皆有定数。毋须埋怨早已注定之事。"

恩伯还说："太阳普照万物，将露水化为一颗颗宝石，并让山川壮美瑰丽。

"正如人，生于世间，他儿时的花园霞光万丈，他与太阳都要去远行，去做多罗兹汉德安排的命定之事。

"不久以后，夕阳西下，群星在寂静中轻柔闪烁。

"同样，人也难免一死，哀悼的人群会在他的坟前肃穆悲泣。

"他的生命不会重新降生于诸界别处吗？他还会重见儿时

的花园吗？抑或，他将永远陨落，万劫不复？"

27. 恩伯如何与国王谈论死亡

瘟疫在阿拉克斯肆虐，疫情之重，难以言喻。以至于国王从宫殿向外窥望，都能看见有人死去。目睹死亡，即便贵为君主，国王也担心终有一日死亡会降临。他命令士兵把阿拉克斯境内能找到的、最睿智的先知召来。

信使来到万神殿，命令众人肃静，高声宣告："日哈扎汗，阿拉克斯之王，伊尔杜恩与伊尔道恩的继承者，帕西亚、埃泽克、阿赞的征服者，群山之主，向侍奉太一以外所有神祇的大先知致意。"

随后，他们将恩伯带到国王面前。

国王问先知："侍奉太一以外所有神祇的大先知，我真的会死吗？"

先知说："陛下啊，你的子民无法永远欢乐，君主也有驾崩的那天。"

国王说："或许如此吧，但是你必将先死。也许有一天寡人会死，但是在那之前，人民的生死依然由我操控。"

卫兵带走了先知。

自那以后，阿拉克斯出现的先知们，便绝不再与国王谈论死亡。

28. 关于欧德

人们传说,若你来到平原尽头的苏恩达里,并沿着经年积雪的山坡攀爬——倘若你在抵达山顶前未被雪崩吞噬,你面前就会出现连绵的山峰。如果你爬过群山,越过山谷(那儿有七座山峰,七条山谷),最终你将抵达遗忘的群山之地。在众多山谷与白雪之中矗立着"太一之伟大神庙"。

神庙里有一位沉溺睡梦、毫无作为的先知,身边还有一群昏昏欲睡的祭司。

这些就是马纳-尤德-苏夏伊的祭司。

在这神庙之中,严禁工作,也严禁祈祷。在这门户之内,无昼无夜。马纳沉睡,他们也安眠。他们之中的那位先知叫欧德。

毋庸置疑,欧德是世上最伟大的先知。据说,只要欧德和他的祭司们一起吟唱,呼唤马纳-尤德-苏夏伊,马纳就会醒来——因为他必然能听到自己的先知的祈祷——随即世界将化为乌有。

还有另一条路可以抵达遗忘的群山之地。那是一条从群山中穿越的平坦之路,但由于某些隐晦不明的原因,倘若你要前往欧德所居的神庙,最好选择翻越险峰和积雪之路——即便在途中殒命,也不要选择那条平坦之路。

29. 河

佩加纳中有一条河流，河里流淌的既非水，也非火。这条寂静的河流，流经诸天和诸界，流出世界的边缘。尽管世界充满喧嚣，有律动的噪音，有讲话与歌声的回响；但在那条河上，阒寂无声，就连回音也消失无踪。

那条河发源于斯卡尔的鼓声，在雷电的河岸上奔流不息，一直流到世界之外的荒原，抵达最远的星辰之后，流入寂静之海。

我躺在远离城市和喧嚣的荒漠里，仰望寂静之河在天穹流淌。在沙漠的边缘，夜晚与太阳争斗不休，最终将它征服。

随后，我在河上看到尤哈涅斯-拉哈伊那艘由梦建造的大船，她壮丽的灰色船头昂然挺立在寂静之河的上方。

造她的材质是古老的旧梦，诗人的幻想是她高耸直立的桅杆，众生的希望编成她的索具。

在甲板上，水手们握着梦做的船桨。那些水手更是人们的梦中人，古老传说中的王子、逝去之人和未曾降生之人。

这些水手划动船桨，让尤哈涅斯-拉哈伊航经诸界，却从未制造丝毫响声。每一缕飘向佩加纳的风，都附着无家可归者的希望和幻想。在船上，尤哈涅斯-拉哈伊把这些希望和幻想编织成梦境，再送还给人类。

Sidney Herbert Sime (1865-1941), The Gods of Pegana, The Ship Of Yoharneth-Lahai, 1911
西德尼·赫伯特·森姆 (1865年—1941年), 佩加纳诸神, 尤哈涅斯-拉哈伊的船, 1911年

每一夜，尤哈涅斯－拉哈伊都驾着梦船，满载梦想，把古老的希望和遗忘的梦想重新带给人类。

然而，当白昼归来，前一夜被征服的黎明，率领麾下千军万马，把血红的长枪掷向黑夜；尤哈涅斯－拉哈伊便离开睡梦中的诸界，沿着寂静之河返回。寂静之河发源于佩加纳，最终归于诸界之外的寂静之海。

这条河唤作伊姆拉娜，寂静之河。所有对城市的嘈杂和喧嚣厌倦的人，在夜里都会爬上尤哈涅斯－拉哈伊之船，置身旧日的梦与幻想之间，躺在甲板上，乘着梦来到河上。同时，蒙戈跟在他们身后，对他们结出死亡之印，因为这是他们心中所想。躺在甲板上，躺在他们记忆中的幻想里，躺在那些从未唱出的歌谣里，他们顺着伊姆拉娜漂流，直至黎明。在伊姆拉娜上，城市的噪音传不过来，雷霆之声无法抵达，也没有痛苦在夜间撕咬人们身体时发出的号叫。那些烦扰世界的无病呻吟，早已被人遗忘。

河水流经佩加纳的大门，两个伟大的双子星——雅姆和哥谭——在那儿站岗。雅姆侍立于左，哥谭在右，而中间坐着的乃是遗忘之神西拉米。当船驶近后，西拉米用他天蓝色的眼睛，凝视那些厌倦城市嘈杂和喧嚣的人的面孔。在他凝视时，就像一个人望着眼前却什么也不记得一样，西拉米轻轻挥手。他挥手的时候，所有被他注视的人，都失去了所有的记忆，除了一些即使在世界之外也不会被忘怀的东西。

传说，等到斯卡尔停止击鼓，马纳-尤德-苏夏伊就会醒来，佩加纳诸神便知终结已至。那时，诸神将登上黄金大船，诞生于梦中的水手，将沿着伊姆拉娜漂流（谁知道他们去往何方？谁知道是为什么？），直至来到河流注入寂静之海的入海口。那儿没有任何神祇，空无一物，万古空寂。远在河岸之上，诸神的老猎狗——时间，猖猖狂吠，企图撕碎它的主人们。而马纳-尤德-苏夏伊对诸神和诸界另有打算。

30. 末日之鸟和终结

末日必有雷鸣，雷鸣将因急于逃离诸神的末日，在诸界之上恐怖咆哮。而时间，这诸神的猎狗，对着它的主人们贪婪地吠叫，只因它衰老消瘦。

从佩加纳深处的山谷里，声如丧钟的末日之鸟莫萨恩，将腾空而起，在佩加纳的山峦与诸神之上狂暴振翼。它将用丧钟般的嘶鸣，宣告终结降临。

在骚乱和猎犬的狂吠中，诸神在佩加纳最后结出诸神之印，随后肃穆地走上黄金大船，沿着寂静之河顺流而下，一去不复返。

之后，河水将决堤而出，潮水从寂静之海逆流而来，直到诸界和诸天都被寂静吞噬。此时马纳-尤德-苏夏伊则在万物中静坐沉思。而那猎犬——时间,当它曾猎杀的诸界和城市被寂静吞噬,它将会失去口粮,立即死去。

但有些人认为——这是赛格斯人的异端邪说——当诸神迈入黄金大船,蒙戈将独自回身,背靠特雷哈戈博尔峰,手持名为"死亡"的了断之剑,与时间猎狗最后一搏。那柄名为"沉睡"的空剑鞘,在他身侧摇摇晃晃,咔嗒作响。

诸神尽皆离去,特雷哈戈博尔峰下,一神一狗对峙。

赛格斯人说,猎狗怒视着蒙戈嗥叫了两天两夜——那时白昼与黑夜,都不复有日月映照。日月群星在大船驶离之时,与诸界一并沉没,创造它们的神祇已经不在。

猎狗如饿虎扑食,一跃而起,迅猛地撕开了蒙戈的喉咙。而蒙戈最后一次结出死亡之印,用死亡之剑切断了猎狗的臂膀。沾染了时间之血,那柄剑也锈蚀毁坏。

此后,马纳-尤德-苏夏伊将孑然一身,既无时间也无死亡,再也没有时光在他耳边吟唱,也不再有生命凋零的萧瑟声。

但在远离佩加纳的忘川之上,黄金大船将载着诸神远航,他们表情波澜不惊,因为他们是诸神,他们知晓这就是终结。

捧读文化
触及身心的阅读

出 品 人	张进步　程碧
责任编辑	焦　旭
特约编辑	张浩淼
装帧设计	仙境设计
版式设计	陈旭麟 @AllenChan_cxl
内文插图	西德尼·赫伯特·森姆（Sidney Herbert Sime）
封面插图	刘逸然